NOITES BRANCAS

Livros do autor na Coleção **L&PM** POCKET:

Uma anedota infame
Crime e castigo
O eterno marido
O jogador
Memórias da casa dos mortos
Noites brancas
Notas do subsolo

Leia também:

Crime e castigo (graphic novel) – Alain Korkos e David Zane Mairowitz
Os irmãos Karamázov (MANGÁ)

SÉRIE **L&PM** POCKET BIOGRAFIAS

Dostoiévski – Virgil Tanase

FIÓDOR DOSTOIÉVSKI

NOITES BRANCAS

Tradução de NATÁLIA NUNES

www.lpm.com.br
L&PM POCKET

Coleção **L&PM** POCKET, vol. 682

Texto de acordo com a nova ortografia.

Título original: *Белые ночи (Belye noči)*

Primeira edição na Coleção **L&PM** POCKET: março de 2008
Esta reimpressão: novembro de 2025

Tradução: Natália Nunes
Capa: Ivan Pinheiro Machado. *Ilustração*: iStock
Revisão: Bianca Pasqualini e Lia Cremonese

CIP-Brasil. Catalogação na Publicação
Sindicato Nacional dos Editores de Livros, RJ

D762n

Dostoiévski, Fiódor, 1821-1881
Noites brancas / Fiódor Dostoiévski; tradução de Natália Nunes. – Porto Alegre, RS: L&PM, 2025.
96p. – (Coleção L&PM POCKET; 682)

Título original: *Belye noči*
ISBN 978-85-254-1748-0

1. Ficção russa. I. Nunes, Natália. II. Título. III. Série.

08-0668. CDD: 891.73
CDU: 821.161.1-3

Rua Comendador Coruja, 314, loja 9 – Floresta – 90.220-180
Porto Alegre – RS – Brasil / Fone: 51.3225.5777

PEDIDOS & DEPTO. COMERCIAL: vendas@lpm.com.br
FALE CONOSCO: info@lpm.com.br
www.lpm.com.br

Impresso no Brasil
Primavera de 2025

Fiódor Dostoiévski

(1821-1881)

Fiódor Mikhailovitch Dostoiévski nasceu em Moscou, no hospital onde seu pai, Mikhail Andriéievitch Dostoiévski, clinicava. Mikhail, apesar de imprimir uma disciplina severa à família, incentivava os sete filhos ao amor pela cultura. Em 1837, a mãe de Dostoiévski morreu precocemente de tuberculose. A perda foi um choque para o pai, que acabou mergulhando na depressão e no alcoolismo. Fiódor e um de seus irmãos foram então enviados à Escola de Engenharia, em São Petersburgo.

Em 1839, morreu o pai de Dostoiévski. As causas são controvertidas, e uma das versões é que o pai – que tinha fama de avaro e de violento – foi assassinado pelos servos enfurecidos com os maus tratos. Dostoiévski culpou-se durante toda a vida pelo fato de, em várias ocasiões, ter desejado a morte do pai. Essa questão da culpa, que acabou transparecendo em sua obra, foi estudada por Sigmund Freud no famoso artigo "Dostoiévski e o parricídio", de 1928.

Em 1843, concluiu os estudos de Engenharia e obteve o grau militar de subtenente. Durante esses anos, dedicou-se à tradução, incluindo a obra de Balzac, um autor que ele admirava. Em 1844, abandonou o exército e começou a escrever a novela *Pobre gente*, obra que recebeu uma crítica positiva no seu lançamento. Foi nesta época que contraiu dívidas e sofreu o primeiro ataque epilético. À primeira obra, seguiram-se *Niétotchka Niezvânova* (escrito entre 1846 e 1849), *Noites brancas* (1848), entre outras.

Enquanto isso, Dostoiévski engajou-se na luta da juventude democrática russa pelo combate ao regime autoritário do Tsar Nicolau I. Em abril de 1849, foi preso e condenado; em novembro do mesmo ano, acabou sentenciado à morte pela participação em atividades antigovernamentais junto a um grupo socialista. No dia 22 de dezembro, chegou a ser levado ao pátio com outros prisioneiros para o fuzilamento, mas, na última hora, teve a pena de morte substituída por cinco anos de trabalhos forçados na Sibéria, onde permaneceu até 1854. A experiência abalou profundamente o escritor, que iniciou o romance *Memórias da casa dos mortos*, publicado em 1862.

Alguns anos antes, Dostoiévski conheceu María Dmítrievna Issáieva, viúva de um maestro, com quem se casou em 1857. Retornou a São Petersburgo em 1859, dedicando-se integralmente a escrever, produzindo seis longos romances, entre os quais suas obras-primas *Crime e Castigo* (1866), *O idiota* (1869) e *Os irmãos Karamázov* (1880). É também dessa época a criação da revista *Tempo*, em cujo primeiro número apareceu parte de *Humilhados e ofendidos*, obra que também remete à sua experiência na Sibéria.

A década de 1860 é marcada por viagens pela Europa, período no qual conheceu sua grande paixão, Paulina Súslova, que acabaria o traindo. Após a decepção amorosa, Dostoiévski voltou para a esposa, que morreu logo depois.

Solitário, endividado e tendo de sustentar a família do irmão recém-falecido, o escritor ditou, em 1866, *O jogador* para a sua secretária, Anna Grigórievna, com quem se casaria depois da recusa de Paulina em reatar o relacionamento. O livro é um sucesso e colabora para restabelecer suas finanças. Logo depois de publicar *Crime e castigo*, viajou com a nova mulher para Genebra, onde nasceu a primeira filha do casal, que viveu pouco tempo.

A partir de 1873, passou a editar a revista *Diário de um escritor*, na qual publicava histórias curtas, artigos sobre política e crítica literária. Em 1880 participou da inauguração do monumento a Aleksandr Púchkin, em Moscou. Na ocasião, pronunciou um memorável discurso sobre o destino da Rússia. No dia 8 de novembro do mesmo ano, em São Petersburgo, terminou de redigir *Os irmãos Karamázov*. Morreu em fevereiro de 1881.

NOITES BRANCAS

Primeira noite

Uma noite prodigiosa, uma dessas noites que talvez só vejamos quando somos novos, querido leitor. O céu estava tão fundo e tão claro que ao olhá-lo uma pessoa era forçosamente levada a perguntar-se se seria possível que debaixo de um céu daqueles pudessem viver criaturas más e tenebrosas. Questão esta que, para dizer a verdade, só é costume levantar-se quando somos jovens, muito jovens mesmo, querido leitor. Prouvera a Deus que pudésseis reviver com frequência essa idade na vossa alma! Enquanto ia pensando assim em várias pessoas, é claro que acabava por recordar-me involuntariamente do panegírico que a mim próprio eu havia tecido, nesses tempos.

Já desde a manhã se tinha apoderado de mim uma estranha disposição de espírito. Vinha-me a impressão de que vivia tão sozinho, de que havia ainda de chegar a ver-me abandonado por toda a gente, de que todos haviam se afastado de mim. Naturalmente todos têm agora o direito de perguntar-me: "Bem, vejamos: quem vêm a ser esses 'todos'?". Mas eu já há oito anos que vivo em São Petersburgo e, apesar disso, nunca me pareceu que tivesse arranjado um só amigo. E para que quereria eu os amigos? Eu sou amigo de toda a cidade de São Petersburgo. Mas precisamente por isso é que me parece que todos me abandonam e que toda a cidade se dispõe a partir com a chegada do verão. Chego quase a ficar preocupado com o fato de ficar sozinho, e já há três dias que ando muito triste, a dar voltas pela cidade, sem conseguir compreender o que se passa no meu íntimo. Na Niévski, no Jardim de Verão, nos cais*, já não era possível reconhecer nenhuma das pessoas que costumava encontrar diariamente à mesma hora, nos mesmos lugares. Evidentemente que os outros não me conheciam; mas eu... eu os conheço. Conheço-os até muito bem; tenho estudado as suas fisionomias e fico satisfeito quando os vejo contentes, e aflijo-me quando os vejo preocupados. Sim, posso dizer que uma vez cheguei quase a fazer uma amizade: foi com um homem já de idade, com quem costumava encontrar-me todos os dias à mesma hora, no Fontanka. Tinha uma cara muito séria e pensativa, e movia constantemente os maxilares, como se ruminasse qualquer coisa. Abanava um pouco o braço esquerdo e trazia sempre na mão direita uma grande bengala de nós, encimada por um castão de ouro. Também tinha reparado em mim com interesse. Estou certo de que, quando ele não me encontrava naquela hora, no local de costume, no Fontanka, devia sentir uma certa contrariedade. Por isso pouco faltou para que nos cumprimentássemos quando nos víamos, ainda mais tendo em conta que ambos éramos pessoas de bom aspecto. Ainda não há muito que, como ficamos dois dias sem nos ver, quando no terceiro nos encontramos, ficamos quase a ponto de levar a mão ao chapéu, mas felizmente refletimos a tempo, deixamos cair as mãos e passamos um em frente do outro com visíveis sinais de mútua satisfação.

Também conheço os edifícios. Quando passo diante deles, pode-se dizer que cada um dos prédios mal me vê, põe-se logo a correr, avança dois passos à frente, me olha por todas as suas janelas e me diz: “Bom dia, aqui estou! Como tem passado? Eu felizmente es-

* Os três mais belos passeios de São Petersburgo. (N.T.)

tou bem, mas no mês de maio vão acrescentar-me outro andar". Ou então: "Bom dia! Como está? Sabe uma coisa? Amanhã vão rebocar-me a fachada". Ou, finalmente: "Olhe, houve fogo e estive quase a ficar todo queimado... Se soubesse o susto que eu tomei!". E outras coisas do gênero. É claro que tenho os meus favoritos entre eles, e até alguns bons amigos. Um deles vai ser reformado por um arquiteto neste verão; vai reconstruí-lo e pô-lo como novo. Terei infalivelmente de passar por ali todos os dias para que o meu amigo não me pareça depois um desconhecido, Deus o livre de uma coisa dessas! E nunca esqueci a história das minhas relações com aquela casinha pequenina, de um cor-de-rosa claro, de que eu gostava tanto. Era uma casinha encantadora; olhava-me sempre com muito afeto, e estava tão orgulhosa da sua beleza entre as vizinhas vulgares, que o meu coração alegrava-se quando passava diante dela. Mas eis que, na semana passada, quando entrei na rua e olhei para a minha amiguinha... ouço um clamor lastimoso: "Olha o que me fizeram! Pintaram-me de amarelo! Que bárbaros! Que perversos! Não respeitaram nada? Nem as colunas, nem as cornifas!". De fato, a minha amiguinha estava amarela como um canário. E de tão aborrecido que fiquei com aquilo, estive prestes a apanhar uma icterícia, e ainda agora não me sinto completamente refeito. Nem me sinto com coragem para tornar a olhar para a minha pobre amiguinha, que esses desalmados puseram da cor do Celeste Império.

Por tudo isso... agora já poderá compreender o meu querido leitor até que ponto eu conheço esta cidade de São Petersburgo.

*

Disse já como durante três dias fui torturado por uma estranha inquietação, até que finalmente consegui descobrir a sua causa. Não me sentia bem na rua (não via este, nem tampouco aquele, nem aqueloutro, nem estoutro... "Por onde diabo andarão eles?"), e também não me sentia bem em casa. Quase que nem a mim próprio me reconhecia. Gastei inutilmente duas tardes investigando o que seria que me faltava entre as quatro paredes da minha casa. Por que me sentiria eu tão mal em casa? Olhava com um olhar perscrutador as paredes verdes denegridas pelo fumo e fixava a vista no teto onde prosperavam as teias de aranhas protegidas de Matriona; perscrutava todo o mobiliário, principalmente as cadeiras e, mentalmente, perguntava a mim próprio se não estaria ali a razão do meu mal-estar (aliás, também hoje não existe já em minha casa uma cadeira igual às desse tempo, e eu próprio, também, já não sou o mesmo). Sim, até me deu na cabeça para chamar Matriona e, em tom paternal, fazer-lhe uma censura por causa das teias de aranha e do desleixo em que deixava todas as coisas; mas ela se limitou a olhar para mim muito espantada e saiu sem dizer uma palavra, de maneira que as teias de aranha continuam incólumes, dependuradas no teto.

Mas esta manhã, finalmente, descobri a causa de tudo. Ah! Então todos vão veranear e me deixam aqui sozinho! Era isto e mais nada: eles se mandaram. Desculpem a expressão, mas naquele momento não me veio à cabeça nenhuma outra mais elegante. Na verdade todos os habitantes de São Petersburgo haviam já deixado a cidade, ou estavam prontos a deixá-la de um dia ou de um momento para o outro. Pelo menos para mim, todo homem de certa idade, de aspecto respeitável, que eu via subir para um *drójki**, tomava-o logo por um pai de família honesto que, depois de terminar as suas ocupações cotidianas, abandonava a cidade para passar o resto do dia entre os seus. Todos os transeuntes tinham já um aspecto completamente diferente, um aspecto que parecia dizer: "Nós ainda estamos aqui apenas por acaso, pois dentro de algumas horas já estaremos bem longe, no campo".

Às vezes abria-se uma janela em cujas vidraças primeiro tamborilavam dedinhos brancos e compridos, e logo a seguir aparecia a linda cabecinha de uma bela moça que chamava a florista; então eu imaginava que também aquelas flores se encontravam ali por casualidade, e que a moça as comprava não para recrear-se junto daquele ramo em que deviam existir duas corolas abertas que seriam como uma amostra de primavera no quarto abafadiço, mas que, pelo contrário, logo em seguida iria abandonar a cidade levando consigo aquelas flores. Mas isso ainda não é tudo. Eu ia fazendo tais progressos na minha nova profissão de investigador que não tardei a poder dizer infalivelmente, só pelo aspecto exterior, que lugar de veraneio cada pessoa tinha escolhido. Os moradores das elegantes isbás ou das vilas próximas de Peterhof** caracterizavam-se pela sua elegância requintada, tanto no andar como em todos os seus gestos, até pelos seus trajes e chapéus de verão, e possuíam carruagens esplêndidas nas quais vinham à cidade. Os habitantes de Pargalovo*** e arre-

* Tipo de carruagem com quatro rodas que era usada na Rússia. (N.E.)

** Localidade próxima do centro de São Petersburgo, para onde as pessoas ricas iam a passeio ou em veraneio. Hoje chama-se Lenski. (N.T.)

*** Aldeia a quinze quilômetros de São Petersburgo, na estrada da Finlândia. (N.T.)

dores impunham-se pela sua discreta compostura, e os da ilha de Krestóvski* pela sua jovialidade imperturbável. Quando acontecia encontrar-me com uma longa procissão de moços de fretes que, com o lenço na mão, caminhavam indolentes junto das carroças atulhadas, nas quais se balouçavam montanhas de mesas, de camas, de cadeiras, de divãs turcos e não turcos, coroadas às vezes pela cozinheira, de cara assustada, a qual, quando se sentia mais sossegada, vigiava com olhos de lince todo aquele magnífico aparato, para que nada caísse e ficasse pelo caminho; e também quando via vir pelo Nievá ou pelo Fontanka um par de lanchas carregadas de utensílios domésticos, navegando rumo às ilhas ou pela corrente acima, até a Tchórnaia Rietchka** – tanto as lanchas como os seus condutores se multiplicavam aos meus olhos, às dezenas e às centenas – parecia-me que todas as pessoas se levantavam e saíam em caravanas da cidade, e que São Petersburgo se transformava num deserto, de tal maneira que eu sentia uma exaltação enorme e considerava-me ofendido; e, naturalmente, acabava por ficar de mau humor, pois era eu o único de todos os habitantes de São Petersburgo que não tinha possibilidade nem tampouco razão nenhuma para ir veranear. Por isso estava disposto a subir em uma carroça qualquer, ou a acompanhar todo o indivíduo que entrava para um *drójki*; simplesmente nenhum deles tinha a dignidade de convidar-me. Era como se de um momento para o outro todos tivessem se esquecido de mim, como se, no fundo, eu fosse completamente estranho para todos.

---

* Uma das ilhas do delta do Nievá, que serviam de passeio aos petersburgueses. (N.T.)

** Ou seja, Ribeira Negra, na parte continental de Petersburgo. (N.T.)

Dava frequentes e longos passeios pelas ruas, de maneira que, segundo o meu costume, chegava a esquecer-me dos lugares por onde andava. Até que um dia me aconteceu ir ter aos limites da cidade. Nesse momento fiquei muito satisfeito, atravessei para o outro lado da barreira* e continuei caminhando por entre os campos e pelas plantações, sem sentir o menor cansaço, e até pelo contrário, como se tivesse me libertado de um grande peso. Todos os que passavam por mim me olhavam afetuosamente, o que era afinal uma espécie de saudação; parecia que todos estavam satisfeitos por qualquer coisa. E também eu fiquei muito contente, como nunca estive na minha vida.

Como se tivesse me visto de repente na Itália... Tal era o poderoso influxo que a natureza exercia sobre mim, doentio habitante da cidade, que se sente abafar entre as paredes dos prédios!

Há qualquer coisa de indizivelmente patético na natureza da nossa São Petersburgo quando nela desperta a primavera, quando de repente ostenta todo o seu sortilégio e exibe todas as graças que o céu lhe empresta, quando se cobre da tenra grama nova e se enfeita de flores garridas e de delicadas florzinhas. Então faz-me sempre lembrar a menina triste para a qual olhamos cheios de pena, às vezes com piedosa simpatia, e na qual às vezes também nem sequer reparamos, mas que um dia, de repente, quando menos se espera, como por encanto se torna, de um momento para o outro, tão bonita que ficamos desconcertados e aturdidos e, ao vê-la, perguntamos admirados: "Que poder teria lançado esta luz nos olhos tristes e sonhadores desta mocinha? Quem fez subir o sangue às suas faces pálidas e

* Barreira que cercava a cidade. (N.T.)

murchas, quem fez com que o seu rosto suave mostre agora uma tal paixão? Por que o seu peito arfa? Quem foi que, assim tão de repente, trouxe força e vida e beleza ao rosto da pobre menina, cujo sorriso suave brilha agora e se transforma num riso ardente?". E olhamos à nossa volta, procuramos alguém e começamos a perguntar e a adivinhar... Mas esse momento é passageiro e talvez no dia seguinte voltemos a encontrar o mesmo lânguido e sonhador olhar anterior, a ver de novo o pálido rosto e a mesma indolência e simplicidade de movimentos, e até talvez alguma coisa nova, uma espécie de desgosto, como sinal de arrependimento e de enfado por aquele breve instante de alegre animação... E então lastimamos que a beleza tenha desaparecido tão breve e irrevogavelmente, que tenha brilhado diante dos nossos olhos com uma luz tão falsa e enganadora... tristeza por não termos chegado sequer a tomar-lhe o gosto...

E sem dúvida que essa noite foi para mim ainda mais bela do que o dia. Regressei já tarde à cidade e eram dez horas quando me aproximava de casa. O meu caminho levava em direção ao canal, onde a essa hora não costumava haver ninguém. Vivo naquele bairro tranquilo e remoto. Ia caminhando e, ao mesmo tempo, cantava, pois quando me sinto feliz não tenho outro remédio senão cantar uma cantiga qualquer, como todo homem feliz que não tem amigos nem conhecidos, nem pessoa alguma com quem compartilhar os seus momentos de alegria. Mas eis então que me aconteceu nessa noite ver-me envolvido numa surpreendente aventura.

Não muito longe de mim, percebi uma figura de mulher; estava de pé e apoiava os cotovelos no parapeito da muralha, e parecia absorvida na contemplação das águas turvas do canal. Trazia um chapeuzinho amarelo muito bonito e uma pequena e graciosa capa preta. "É uma moça, e morena, por certo", pensei eu. Parece não ter percebido os meus passos, pois não fez movimento algum quando eu passei por ela devagarinho, contendo a respiração e com o coração palpitante. "Que coisa estranha!", disse para comigo. "Deve estar completamente absorvida nos seus pensamentos!" E de súbito estremeci e fiquei pregado no chão: aos meus ouvidos chegavam soluços abafados. Se não era engano meu, a moça chorava... Passado um pequeno instante tornei a ouvir outro soluço e depois outros. Meu Deus! O meu coração teve um pressentimento. Por muito tímido que eu seja com as mulheres, naquele caso... é, as circunstâncias eram tão singulares! Em suma: tomei uma decisão, aproximei-me dela e... e teria sem dúvida começado por saudá-la... "Minha senhora!", se não me tivesse lembrado que essa expressão se encontra pelo menos mil vezes em todas essas novelas russas em que se descreve o ambiente da boa sociedade. Mas contive-me. Enquanto procurava uma fórmula de saudação apropriada, a moça voltou a si, e quando me viu baixou os olhos e afastou-se discretamente. Eu comecei a segui-la, o que ela pareceu notar; depois abandonou o cais, atravessou a rua e dirigiu-se ao outro passeio. Então já não me atrevi a segui-la. O meu coração batia como o de uma ave presa. Mas naquele momento o acaso veio em meu auxílio.

No referido passeio surgiu de repente um homem junto da desconhecida... um homem de idade madura, mas com uma fisionomia que não correspondia à sua idade. Cambaleava e, de vez em quando, apoiava-se às paredes. A moça continuou a andar, de olhos baixos, sem olhar para lado nenhum, com a pressa própria de todas as moças que não desejam que ninguém se aproxime e se ofereça para acompanhá-las até em casa. Também aquele cambaleante cavalheiro não teria conseguido alcançá-la se não tivesse recorrido, com certa malícia, a algo que não podia prever-se: sem dizer-lhe uma palavra e sem lhe chamar a atenção, começou a segui-la. Ela ia ligeira como o vento, mas o sujeito aproximou-se rapidamente e alcançou-a; a moça deu um grito e... eu dei graças a Deus pela bengala que levava. Num instante atravessei para o outro passeio; o sujeito compreendeu logo as minhas intenções e reconsiderou; não disse nada, retrocedeu, e, quando ia já a uma distância que não nos permitia ouvi-lo, começou a protestar energicamente contra o meu procedimento. Mas nós quase já nem percebíamos as suas palavras.

– Ampare-se ao meu braço – disse eu para a desconhecida. – Assim ele não se atreverá a aborrecê-la.

Em silêncio pôs a sua mãozinha que tremia ainda de susto e comoção sobre o meu braço.

– Oh, abençoado cavalheiro!

Lancei um rápido olhar à minha desconhecida; era encantadora e morena, conforme logo de longe me tinha querido parecer. Nas suas pestanas pretas brilhavam ainda lágrimas... de medo ou de desgosto, pelo mesmo motivo que a fazia chorar há pouco sobre o cais, quem sabe lá! Mas já os seus lábios tentavam sorrir. Também ela olhou para mim de soslaio; ficou corada ao ver que eu tinha reparado nesse seu gesto e baixou os olhos.

– Diga-me: por que fugiu de mim com essa pressa? Se eu a tivesse acompanhado, nada daquilo lhe teria acontecido.

– Mas se eu não o conhecia! E pensava que você também..

– Ah! Mas agora também ainda não me conhece!

– Já estou conhecendo mais ou menos. Mas... por que treme?

– Oh! Já vejo que percebeu tudo num instante – disse eu, pois julguei poder deduzir da sua observação que, além de bela, era inteligente. – Então conhece as pessoas logo ao primeiro olhar! Escute: é verdade que eu sou tímido com as mulheres, e não nego que fiquei pelo menos tão perturbado como você, quando há pouco esse cavalheiro lhe provocou um susto... E também agora sinto algo parecido com medo; toda esta noite me parece um sonho, a mim, que nunca cheguei a pensar que pudesse algum dia ver-me nesta situação, falando com uma moça bonita.

– Nunca? Isso é verdade?

– Palavra! E se o braço me treme neste momento, isso se deve unicamente ao fato de que nunca ele sentiu o contato de uma mãozinha tão encantadora como a sua. Eu já não tenho o hábito de lidar com senhoras, o que não quer dizer que alguma vez tenha tido. Não; eu tenho vivido sempre só, isolado... Nem sequer sei como hei de falar com as mulheres. Por exemplo, não sei se já lhe disse qualquer tolice. Se disse, peço-lhe que me revele com toda a franqueza, que eu não levo a mal.

– Não, não, nada disso, pelo contrário. E uma vez que me pediu que fosse sincera, digo-lhe francamente que me agrada muito essa sua timidez para com as mulheres. E se quiser saber mais, digo ainda que o acho muito simpático e que só o mandarei sair do meu lado quando chegar em casa.

– É tão encantadora que vou perder a minha timidez – exclamei eu entusiasmado. – Mas então, adeus, probabilidades!

– Probabilidades? Que significa isso? Não, isso aí já não me agrada!

– Desculpe! Foi uma palavra que... escapou contra a minha vontade. Mas como é que não é capaz de supor que, num momento como este, eu não tenha podido sentir o desejo...

– De agradar-me?

– Claro! Mas... por amor de Deus, seja generosa! Lembre-se da minha maneira de ser. Já tenho 26 anos... e quase não tenho convivido com ninguém. Como poderia eu, de repente e sem qualquer preparo, sustentar um diálogo segundo todas as regras do bom convívio? Mas há de compreender-me melhor se eu lhe disser tudo francamente, se lhe abrir o meu coração. Eu não posso calar-me quando o meu coração grita... Acredite, eu não conheço nenhuma mulher, nenhuma! Geralmente não encontro quem goste de mim. Mas sonho todos os dias que, em alguma ocasião, em algum lugar, hei de encontrar e hei de conhecer alguém... Ai, se soubesse quantas vezes me apaixonei, só em imaginação!

– Mas como é isso possível? E por quem?

– Por nenhuma mulher, concretamente, apenas por um ideal que aparece nos meus sonhos. Eu, em sonhos, imagino novelas completas. Oh, ainda não me conhece! Mas que estou eu dizendo! É claro que na minha vida já falei com duas ou três mulheres, mas que mulheres! Estalajadeiras, não é preciso dizer mais nada... Mas olhe, vou contar-lhe qualquer coisa para a distrair. Já por várias vezes fiquei tentado, na rua, a aproximar-me de alguma moça e pôr-me a falar com ela sem mais nem menos. É claro que, se ela estivesse sozinha, me manteria respeitosamente, mas também ansioso e arrebatado de paixão, e então lhe diria como me sinto só no mundo e pediria a ela que não me afastasse do seu lado, pois assim eu perderia a oportunidade de falar com uma mulher. Pensava até dizer-lhe que seria um dever para uma mulher não repudiar as súplicas dum homem tão infeliz como eu. E que, afinal, aquilo que tenho a pedir-lhe se reduz a que me permita dizer-lhe duas palavras fraternas, e a que me dedique um pouco de compaixão e não me afaste do seu lado logo no primeiro momento, e que acredite na minha palavra, e que tenha a paciência de ouvir o que tenho para lhe dizer... e se levar tudo na brincadeira, tanto faz! Mas que me conceda pelo menos alguma esperança e me diga duas palavras, quando nada para trazer um pouco de alegria ao meu espírito, ainda que nunca nos tornemos a ver... Você acha isto engraçado? Bem, afinal eu apenas dizia isto por..

– Não se aborreça comigo. Rio porque você é o inimigo de si mesmo. Se tentar, verá como consegue logo o que deseja, ainda que seja em plena rua; e quanto mais simplesmente melhor. Não há mulher nenhuma, a menos que se trate de uma perversa ou de uma tonta, ou que esteja mal disposta nesse momento por qualquer razão, que seja capaz de afastá-lo sem escutar essas palavras que acaba de dizer... Sobretudo se pedir assim, tão modestamente... Mas não, estou falando tolices! É claro que o tomaria por um doido. Falava segundo os meus sentimentos. Mas eu sei realmente lidar um pouquinho com os homens.

– Oh, muito obrigado! – exclamei eu. – Nem sabe o favor que me fez com essas palavras!

– Pronto, pronto! Mas agora me diga por que é que percebeu que eu sou uma mulher a qual, bem, a qual considera digna... da sua atenção e da sua amizade... numa palavra: que não sou nenhuma estalajadeira, como dizia há pouco. O que o levou a aproximar-se de mim?

– O que foi? O que foi? Você ia sozinha, aquele sujeito foi atrevido, e além disso é noite: há de reconhecer que era um dever..

– Não, não; eu me refiro ao momento anterior, quando eu ia no outro passeio, ainda no cais. Não tentou aproximar-se de mim?

– Ali, no outro passeio? Nem sei o que hei de responder-lhe... Tenho receio... Sim, repare, eu estava hoje tão contente... calcule que, sempre caminhando e cantando, acabei por me encontrar fora dos limites da cidade; nunca me tinha sentido tão feliz. A senhora, pelo contrário... Mas talvez me tivesse apenas parecido... (desculpe se lhe faço recordar), mas pareceu-me que você chorava... e eu... eu não podia ver uma coisa dessas... Oprimia-me o coração... Meu Deus! Não seria possível eu ajudá-la? Não poderia eu compartilhar os seus sofrimentos? Era pecado que eu sentisse piedade, como um irmão? Desculpe, se falei em piedade... Afinal, dá no mesmo... Pode ofendê-la o fato de que eu involuntariamente sentisse o impulso de aproximar-me e de falar-lhe?

– Está bem, não diga mais nada, já compreendi – interrompeu-me a moça olhando confusa para o chão; e eu senti que a sua mão tremia. – Eu é que tenho a culpa de ter começado. Mas estou satisfeita por não me ter enganado a seu respeito... Bem, estou quase chegando em casa; é naquela travessa, daqui a dois passos. E por isso despeço-me de você. Adeus e muito obrigada!

– Mas então nunca mais nos tornaremos a ver? Vamos dar assim por terminado o nosso conhecimento?

– Veja como nós somos – disse ela a rir –, a princípio apenas queria dizer-me duas palavras, e agora... Enfim, não digo nada de definitivo... Pode ser que tornemos ainda a nos ver!

– Amanhã estarei aqui outra vez – apressei-me a dizer-lhe. – Desculpe-me se estou já a tornar-me exigente.

– Sim, lá isso é verdade, não é nada paciente. Quase que está exigindo...

– Escute uma coisa! Escute! – interrompi-a. – Deixe-me dizer uma coisa... Veja bem, é que tem de ser, amanhã tenho de voltar aqui. Sou um sonhador, mal conheço a vida real, e um momento como este é tão difícil de acontecer comigo, que me seria absolutamente impossível não estar continuamente a evocá-lo nos meus sonhos. Esta noite vou passá-la inteira a sonhar com você. Esta noite? Toda a semana, todo o ano! Não tenho outro remédio senão vir postar-me aqui amanhã, neste mesmo local em que agora estamos, à mesma hora, e serei feliz recordando o nosso encontro desta noite. Já gosto deste lugar. Como este tenho já outros dois ou três em São Petersburgo que me são queridos. Às vezes até choro, como a senhora também há pouco chorou, quando uma recordação me assalta de repente... Talvez a senhora esta noite chorasse também ali, no cais, simplesmente por isso, por ter recordado qualquer coisa... Desculpe-me, tornei a falar a mesma coisa. Talvez um dia tivesse sido muito feliz naquele lugar.

– Bem – exclamou então a moça –, eu também estarei aqui amanhã, aí pelas dez. Já vejo que não posso dissuadi-lo... Mas o senhor ainda não sabe do que se trata... É que eu não tenho outro remédio senão vir aqui. Não vá imaginar que por interesse ou razões particulares estou a marcar um encontro. É que não tenho outro remédio senão estar aqui a essa hora, fique sabendo... Mas... bem, vou ser absolutamente sincera: não me importo que o senhor venha também. Em primeiro lugar, talvez até me custasse ver-me só, como hoje; mas isso não interessa... Não; em resumo: terei muita satisfação em tornar a vê-lo, para... trocar com você duas palavras. Mas... não queria que pensasse mal de mim. Não vá imaginar que estou querendo ter um encontro com você... Não faria uma coisa dessas ainda que... Mas é este o meu segredo. Ah! E fique sabendo que há de ser com uma condição...

– Uma condição? Diga, fale! Aceito-a desde já; estou disposto a tudo – exclamei com sincero entusiasmo. – Respondo por mim... Serei obediente e respeitador... Já sabe como eu sou...

– Precisamente por isso, porque já o conheço, é que lhe peço que venha amanhã – disse a moça a rir. – Já o conheço a fundo. Mas, como lhe dizia, venha, mas com uma condição: há de ser amável e fazer o que eu lhe pedir, não é verdade? Escute, estou falando com toda a franqueza, não me faça a corte... Isso não seria possível, de maneira nenhuma. Em troca estou pronta a ser sua amiga a partir deste momento; aqui tem a minha mão... E mais nada, peço-lhe.

– Juro-lhe! – exclamei e apertei a mão que ela me estendia.

– Bem, não é preciso jurar. Eu sei muito bem que o senhor é tão inflamável como a pólvora. Não me leve a mal falar-lhe assim. Mas se soubesse... Não conheci um só homem ao qual pudesse dirigir a palavra ou pedir um conselho. E claro que, geralmente, uma mulher não procura os conselhos dum homem no meio da rua; mas você é uma exceção. Compreendo-o já tão bem como se o conhecesse há vinte anos. Não é verdade que o senhor não é nenhum incorreto e que sabe cumprir a sua palavra?

– Verá, verá... Não sei é como hei de passar as 24 horas que faltam até amanhã. Como hei de sobreviver a esta noite?

– Deixe-se dormir profundamente. Agora, boa noite... E não se esqueça da confiança que depositei em sua pessoa. Mas era tão belo o que disse há pouco! E além disso você tem razão, uma mulher não pode aperceber-se de todos os seus sentimentos, mesmo que se tratasse só de uma compaixão fraterna. Olhe: você disse isso tão bem, que neste momento me veio a ideia de fazê-lo depositário de toda a minha confiança...

– Sim, mas para quê?

– Amanhã lhe direi. Até lá guardo segredo. É melhor assim; quando souber tudo até há de parecer-lhe uma coisa de romance. Pode ser que lhe conte amanhã; mas também pode ser que não. Antes disso quero ainda falar-lhe de outra coisa; temos de nos conhecer melhor, primeiro...

– Oh! Pela minha parte estou disposto a contar-lhe já amanhã toda a minha vida. Tudo isso para mim faz-me pensar que me está acontecendo algo de maravilhoso... Onde estou eu, meu Deus? Mas diga-me: não está arrependida de não me ter repelido quando eu me aproximei? Foram apenas dois minutos mas tornou-me feliz para sempre. Feliz, sim, é assim mesmo! Quem sabe, é possível até que tenha feito com que eu me reconciliasse comigo próprio e dissipasse todas as minhas dúvidas! Talvez eu tenha certos momentos...

Ah, não, amanhã lhe contarei tudo, então há de compreender tudo o que...

– Bem, está combinado! Será você o primeiro a falar.

– Combinado!

– Então, até amanhã!

– Até amanhã!

Separamo-nos. Eu passei toda a noite a zanzar; não podia decidir-me a voltar para casa. Era tão feliz! Só pensava no nosso próximo encontro.

– Muito bem, são e salvo! – disse-me ela, em saudação e, sorrindo, apertou-me as duas mãos.

– Já há duas horas que estou aqui. Não sabe o dia que passei...

– Imagino, imagino... Mas vamos ao que interessa. Por que você acha que eu vim? Em primeiro lugar, não vim para dizermos tolices, como ontem à noite. Não, ouça-me, devemos ser mais ajuizados. Pensei muito a sério sobre o caso.

– Mas por que havemos de ser mais ajuizados? Eu, da minha parte, estou disposto a isso; simplesmente, parece-me que nunca em toda a minha vida me lembrei de nada tão acertado como ontem à noite...

– Sério? Mas escute: em primeiro lugar peço-lhe que não me aperte a mão dessa maneira; e depois participo-lhe que pensei muito a seu respeito.

– Deveras? Como? E qual foi o resultado?

– O resultado? Acabei por chegar à conclusão de que devíamos voltar os dois ao princípio; pois afinal – disse cá para comigo – eu não o conheço, e você, ontem, tratou-me como a uma garota; sim, como se eu fosse uma criança. Donde se conclui que a causa de tudo isto foi eu ter tão bom coração; e acabei pregando a mim mesma um belo sermão, como acontece quase sempre, quando examinamos a nossa conduta. E por isso, para reparar todos os erros, decidi informar-me o mais minuciosamente possível sobre tudo o que diz respeito à sua pessoa. Mas como eu não conheço ninguém que possa fornecer-me quaisquer dados sobre a sua vida, há de ser você mesmo quem me há de contar tudo, mas tudo, e com todos os pormenores. Bem, vejamos: que espécie de homem é você? Vamos, comece, fale, conte-me a sua história.

– História! – exclamei eu assustado – Minha história? Mas quem lhe disse que eu tenho uma história? Eu não tenho história nenhuma...

– Não tem outro remédio senão tê-la.. Como podia viver neste mundo sem ter uma história? – respondeu ela a rir.

– Pois, creia-me, eu não tenho história nenhuma! Porque tenho vivido para mim próprio, como costuma dizer-se, só, completamente só, sempre só, completamente só. Sabe o que significa "só"? Pois é isso mesmo...

– Mas como é possível? Só! Então tem passado a vida sem ver ninguém?

– Bem, sem ver ninguém, propriamente... Claro que tenho visto. Mas apesar disso estive sempre sozinho.

– Bem, desisto de compreendê-lo. Nunca falou com ninguém?

– Falar, verdadeiramente falar, não.

– Mas que espécie de homem é você? Não quererá dizer-me? Mas não, espere, serei eu própria quem vai lhe dizer; você, com certeza, tal como eu, deve ter tido uma avó. A minha é cega e não consente por nada deste mundo que eu me afaste por um momento do seu lado, de maneira que já me esqueci quase de falar. Há quase dois anos fiz-lhe ver que ela não podia impedir que eu lhe pregasse uma partida; que fez ela então? Pegou na aba da minha saia e pregou-a com um alfinete à da sua... e assim passamos agora – as duas – todo santo dia, agarradas uma à outra. Ela tricota meias, apesar de não ver; e eu tenho de ficar sentada a seu lado, a costurar ou a ler um... Oh! Às vezes ponho-me a pensar e parece-me estranho que viva assim, já há dois anos, pegada a ela desta maneira...

– Meu Deus, isso deve ser terrível! Mas eu não tenho nenhuma avó...

– Então não percebo por que é que há de estar sempre metido em casa.

– Ouça, quer saber quem eu sou?

– Evidentemente!

– Sério?

– Sim, a sério.

– Pois bem, eu sou um... tipo.

– O quê? Um tipo? Que espécie de tipo? – perguntou a jovem surpreendida e pôs-se a rir com tanta vontade como se não se risse já há mais de um ano. – Agora é que percebi: é bem divertido conversar com o senhor. Espere, está ali um banco, vamos nos sentar. Por aqui não passa ninguém e portanto não podem ver-nos. Bem, comece a sua história. Porque nessa de que não tem história é que eu não acredito. É claro que tem; o que acontece é que não quer contar. Mas, antes de mais nada, diga-me: o que vem a ser um tipo?

– Um tipo? Um tipo... é um indivíduo original. Uma espécie de misantropo cômico – disse-lhe eu e não pude deixar de rir também. – Simplesmente há... como hei de dizer? Há caracteres. Uma coisa: sabe o que é um sonhador?

– Um sonhador? Claro que sei. Eu própria sou uma sonhadora. Às vezes, quando estou sentada junto da minha avó... quantas coisas não penso eu! Quando começo a sonhar, os sonhos vão se desenrolando por si próprios e já cheguei a sonhar que estou casada com um príncipe chinês... Às vezes, faz muito bem, isto de...

sonhar. Se bem que, afinal, quem sabe! Sobretudo quando temos outras coisas em que pensar... – concluiu a moça, pensativa, e desta vez com um ar muito sério.

– Ótimo! Se já alguma vez se casou com um príncipe chinês, então sem dúvida há de compreender-me. Escute... Mas dê-me licença: ainda não sei como se chama.

– Ora até que enfim. Sim, senhor, realmente lembrou-se muito cedo de me perguntar...

– Meu Deus! Não me tinha lembrado disso, sentia-me tão feliz!

– Pois chamo-me... Nástienhka.

– Nástienhka. Só Nástienhka?

– Só. Acha que é pouco, criatura insaciável?

– Muito pouco! Oh, não, de maneira nenhuma! Pelo contrário, já é muito, mesmo muito, minha amiga, que desde a primeira noite se tenha tornado logo para mim Nástienhka simplesmente.

– Também penso o mesmo. Bem: e então, que mais tem para me dizer?

– Pois escute, Nástienhka, que vai ouvir uma história muito engraçada.

Sentei-me a seu lado, fiz uma cara de gravidade pedantesca e comecei, como se estivesse a discursar.

– Há aqui em São Petersburgo certos recantos verdadeiramente estranhos, que a Nástienhka talvez não conheça. Pode-se dizer que nunca neles bate o sol que brilha para todos os petersburgueses, mas sim um sol diferente, que foi criado só para eles, e que, pode-se dizer, brilha também de uma maneira diferente, com um fulgor que não existe em parte alguma deste mundo. Nesses cantos de que falo, Nástienhka, parece que se agita outra vida, uma vida que não se assemelha de maneira alguma àquela que nos rodeia, como só poderia existir em um reino distante de muitos milhares de léguas, porém jamais aqui entre nós e nestes nossos tempos tão graves, gravíssimos. Mas, precisamente, essa vida é apenas uma mistura de algo de puramente fantástico, de um ideal fervoroso e, ao mesmo tempo, apesar disso – e infelizmente, querida Nástienhka –, de uma obscura rotina e de habitual monotonia, para não chamar-lhe vulgar, vulgar até o desespero.

– Ufa! Mas que introdução essa! O que virá a seguir?

– Pois virá, Nástienhka... acho que nunca me cansaria de lhe chamar Nástienhka... Virá a afirmação de que nesses recantos vivem homens estranhos... seres a que as pessoas chamam sonhadores. Um sonhador – para explicar-me mais concretamente – não é um homem, fique sabendo, mas uma criatura de sexo neutro. Geralmente o sonhador costuma viver fora do mundo, num refúgio, como se se escondesse da luz do dia, e, uma vez instalado no seu esconderijo, vive e cresce nele tal como um caracol na sua concha, ou pelo menos pode-se dizer que é parecido com esse animalzinho singular, que é ambas as coisas, o animal e sua própria morada, e ao qual chamamos tartaruga. Mas o que acha? Por que será que ele ama tanto as suas quatro paredes, invariavelmente pintadas de verde-claro, desbotadas, vergonhosamente sujas e denegridas pelo fumo? Por que é que esse homem grotesco, quando algum dos seus raros amigos vai visitá-lo – além disso, pode acontecer que até estes deixem em breve de visitá-lo – se mostra tão atarantado e inibido? É que ele tem o aspecto de alguém que cometeu um crime num lugar ermo, que falsifica moedas ou faz poemas para enviá-los a alguma revista, acompanhados de uma carta comunicando que assassinou o autor dos versos e que, por ter sido seu amigo, se considera no dever de publicar as obras do defunto. Por que – não queres dizer-me, Nástienhka? – por que é que durante essas visitas a conversa nunca é muito prolongada, e por que é que dos lábios do amigo caído do céu, que noutras ocasiões está continuamente gracejando à custa do belo sexo ou de outros temas amenos, no momento em que vai visitar o sonhador, não pronuncia nem uma só palavra graciosa? Por que será que este novo amigo há de sentir-se, nessa sua primeira visita – em geral nunca passam da primeira –, um tanto inibido, e por que será também que, apesar de toda a sua inventiva – supondo que ele possui esse dom – apenas fala por monossílabos, perante a cara desesperada do outro que, num esforço sobre-humano, infelizmente vão, tenta animar o diálogo e pôr em evidência que ele também sabe conduzir uma conversa e falar do sexo frágil, procurando assim atenuar, pelo menos por meio da sua solicitude e boa vontade, a decepção do hóspede que um dia teve a triste ideia de cair onde ninguém o tinha chamado? E por que é que o visitante pega facilmente no chapéu e se despede com brevidade, com a desculpa de que se lembrou de repente de uma coisa importante que não pode esperar? E por que se liberta tão rapidamente a sua mão da pressão calorosa da mão do outro que, com a maior tristeza na alma, procura ainda reparar aquilo que é já irreparável? Por que será que o amigo que se retira, ainda mal fechou a porta atrás de si, desata logo a rir, e por que jura ele a si mesmo não tornar nunca mais a visitar aquele extravagante, ainda que no fundo não seja má pessoa? E por que não poderia a sua fantasia, durante a visita, negar-lhe o pequeno prazer de comparar a expressão no rosto daquele tipo incomum, com o focinho dum gatinho que, caído entre as mãos de garotos mal-educados, que o atraíram com falsos carinhos, sofre os seus maus-tratos e por fim acaba por ir refugiar-se debaixo de uma cadeira num canto escuro, para depois, ali, lamber e relamber a pele, lavar o maltratado focinho com as patas dianteiras e alisá-lo, pôr-se depois a considerar com olhos tristes a natureza das coisas e da vida, e até as migalhas de pão que uma criada compadecida lhe atira das sobras da mesa farta...

– Escute – interrompeu-me Nástienhka, que durante todo o tempo não tinha deixado de escutar-me com uns olhos muito grandes e a boca entreaberta –, escute: não percebo nada de tudo isso, nem tampouco consigo explicar por que é que me faz essas perguntas tão esquisitas. A única coisa que compreendo é que você deve ter se encontrado em situações semelhantes, sem dúvida alguma.

– Evidentemente – respondi eu muito sério.

– Bem, então se tudo isso é verdade, continue – disse Nástienhka. – Agora quero saber como acaba a história.

– Deseja saber o que é que o nosso herói – ou para melhor dizer, eu, visto que eu, isto é, a minha modesta pessoa, sou o herói da história –, o que é que eu faço no meu canto, não é isso? Deseja saber por que razão a inesperada visita do tal amigo me deixa assim transtornado e me faz ruborizar como um endurecido pecador, quando a porta se abre; por que não sei receber o hóspede e desempenho tão desajeitadamente o meu papel de dono da casa...

– Claro, naturalmente desejo saber isso tudo. Mas ouça: você conta tudo isso lindamente, mas não lhe seria possível contá-lo de maneira menos bela? Porque você fala como se estivesse a ler num livro aberto à sua frente.

– Nástienhka – respondi eu num tom importante e severo, enquanto fazia todos os esforços para não rir –, querida Nástienhka: eu sei muito bem que conto as coisas de maneira demasiado bela, mas desculpe-me, pois não sei contá-las de outra maneira. Agora, querida Nástienhka, pareço-me com aquele gênio do rei Salomão, que esteve mil anos fechado numa pequena caixa fechada com sete selos e afinal conseguiu romper todos. Querida Nástienhka, agora que nós dois voltamos a nos encontrar depois de uma tão longa separação – porque eu já a conheço desde há muito tempo, querida Nástienhka, pois já há muito que ando à procura de alguém... o que é a prova de que eu a procurava e de que o destino tinha escrito que nos havíamos de encontrar precisamente neste local –, agora abriram-se mil torneiras na minha cabeça e tenho que vazar o meu coração numa torrente de palavras, se não quiser que elas me afoguem. Por isso lhe peço que não me interrompa, Nástienhka, e me escute paciente e submissamente, pois se não for assim, não continuo...

– Não, não, não. Isso não! Conte, que eu não tornarei a abrir a boca!

– Bem, vou continuar. Querida Nástienhka, todos os dias há uma hora, para mim, que aprecio extraordinariamente. Essa hora é aquela em que as lojas, as oficinas e os ministérios se fecham e todas as pessoas se dirigem para suas casas para preparar a refeição do meio-dia, estender-se uns momentos e descansar um pouco, hora em que, durante o caminho, as pessoas se põem a fazer planos para a tarde e para a noite, e para todo o tempo livre que ainda lhes resta. Nessa hora costuma também o nosso herói (consinta, Nástienhka, que eu fale de mim na terceira pessoa, pois, na primeira, poderia parecer imodéstia), nessa hora, digo, costuma o nosso herói, que também tem o seu trabalho regular, acompanhar os outros durante um pedaço do caminho. Então um estranho sentimento de bem-estar transparece no seu rosto pálido e um pouco murcho. Com olhos comovidos olha as nuvens vespertinas que deslizam pelo cálido céu petersburguês. Não, não lhe minto ao dizer-lhe que ele as vê; na realidade não as vê, porque ele não vê absolutamente nada, mas olha, e olha tudo de um modo inconsciente, como se estivesse cansado ou como se tivesse ao mesmo tempo o pensamento ocupado com outra coisa, longínqua, especial, de tal maneira que não tarda em ter para tudo quanto o rodeia mais do que um ligeiro olhar, e isso ainda quando um acaso consegue distrair a sua atenção. Sente-se quase feliz, pois deu já por terminada a sua tarefa até o dia seguinte, alegre como um colegial que se levanta dos bancos da escola e pode de novo entregar-se às suas brincadeiras e distrações favoritas. Se a Nástienhka pudesse observá-lo à socapa, havia de ver como essa alegria começa logo a atuar beneficamente sobre os seus nervos alterados e sobre a sua fantasia, de uma excitabilidade doentia. Julga que ele pensa em comer? Ou na tarde que tem ainda à sua frente? O que será que o preocupa tanto? Será aquele cavaleiro que, com tanta cortesia, e sem dúvida de maneira tão pitoresca, saúda a dama que passa junto dele naquela carruagem magnífica? Não, Nástienhka; que importam a ele todas essas insignificâncias? Agora ele é rico da sua própria vida, da sua vida íntima; tornou-se rico de um momento para o outro, e o último raio do sol poente não brilhou em vão, tão cheio de calor vital, ao despertar no seu coração ardente uma multidão de impressões. Agora mal atenta no caminho, cujas menores particularidades ainda há um momento observava com tão grande interesse. É que a deusa fantasia já o envolveu na sua dourada rede que encheu de visões estonteantes, de uma vida gratuita e prodigiosa: e talvez (quem pode sabê-lo?), talvez o elevasse já, nas suas mãos caprichosas, desde a calçada dura de granito, pela qual vai caminhando em direção à sua casa, até o sétimo céu, aquele que fica mais longe deste mundo. Se nesse momento pretendesse, sem mais nem menos, falar com ele e perguntar-lhe onde se encontra naquele preciso instante, por que rua vai a caminhar... ele não poderia responder nem a uma coisa nem a outra e, possivelmente, corando de vergonha, iria responder qualquer coisa, a primeira que lhe viesse à cabeça. Por isso mesmo também ele estaca de repente e se põe a olhar à sua volta, assustado, só porque uma velhota o fez parar no meio da calçada e lhe perguntou por uma rua, que não sabe onde fica. Com uma fisionomia aborrecida e contrariada, continua sempre a caminhar, sem reparar que mais de um transeunte ri ao vê-lo e que mais de um o segue com o olhar, e que uma senhora que o evitou aflitivamente de repente se põe a rir como uma menina, tão grotescas se lhe afiguram a cara e o sorriso aéreo, o gesticular das mãos do sonhador. Mas eis que já a mesma fantasia arrebatou nas suas asas travessas a velha, os transeuntes curiosos e os moços embrutecidos que buscam o descanso da tarde, ali, no Fontanka – suponhamos que o nosso herói se encontra neste momento junto do cais do canal –, tudo isso foi apanhado na rede caprichosa da fantasia, tal como a teia de aranha aprisiona as moscas. Com esse despojo recém-conquistado, entra o extravagante em sua casa, senta-se à mesa e come, e depois de terminada a refeição ainda não voltou completamente a si; até que a infalível Matriona, mal-humorada e taciturna, vem lhe trazer o cachimbo; até esse momento, como disse, ainda não caiu completamente em si, e então repara com assombro que já comeu, sem ter sequer dado por isso. É já escuro no seu quarto e ele tem a alma triste e vazia. À sua volta desvaneceu-se todo um império de sonhos: secretamente, sem ruído, sem deixar provas, como só um sonho pode desvanecer-se, e ele nem sequer poderia contar aquilo que viu. Mas um obscuro sentimento que começa a agitar-se no seu coração, pouco a pouco lhe vai infundindo um novo anseio, afagando, sedutor, a sua fantasia e, sem querer, aí volta à sua frente uma nova cavalgada de visões. Reina o silêncio no pequeno quarto; a solidão e o ócio acariciam a sua imaginação que, suavemente, começa a esquentar-se; produz-se nela um leve movimento, uma espécie de fervura imperceptível semelhante à da água na máquina de café da velha Matriona que anda por ali perto na sua lida, na cozinha, fazendo placidamente o café: demora tanto e só agora começou a ferver... De súbito, ainda antes de ter chegado à terceira página, das mãos do nosso sonhador tomba o livro que maquinalmente, apenas por hábito, tinha tirado da prateleira. A força da sua imaginação voltou a reanimar-se e, como por encanto, eis que surge em seu redor um novo mundo, uma nova vida encantadora. Um novo sonho... uma nova felicidade. Novo, requintado e doce veneno... Oh, que lhe interessa esta vida real! Segundo a sua limitada maneira de ver, nós, os outros, ó Nástienhka!, levamos uma vida lenta, monótona e vazia. Segundo ele pensa, estamos todos descontentes com a nossa sorte e atormentados pela existência... E de fato é verdade: há de reparar como entre nós, os que não somos sonhadores, ao primeiro olhar tudo parece frio, árido e hostil, como se tudo fosse mau e inimigo... "Coitados!", pensa o meu sonhador. E não é nada estranho ele pensar assim. A Nástienhka não pode perceber essas visões mágicas que surgem à sua frente, tão sedutoras, tão magníficas, tão sem limites, como que nascidas do próprio nada, visões em cujo primeiro plano aparece sempre, nem seria preciso dizê-lo, o nosso sonhador com o seu eu tão querido. Não pode ver que aventuras, que série inesperada de coisas lhe acontecem. E Nástienhka pergunta: "Mas com que sonha o senhor?". Para que perguntá-lo? Sonho simplesmente com tudo, com tudo... Com o destino dum poeta que a princípio não é reconhecido e mais tarde vem a despertar um interesse universal; na sua amizade com E.T.A. Hoffmann, com a noite de São Bartolomeu*, com Diana Vernon**, com uma ação heroica na tomada da cidade de Kazan*** pelo czar Ivan Vassílievitch****, com uma estrela do tablado, com uma bailarina, com João Huss***** antes do Concílio, com a ressurreição dos mortos em Roberto, o Diabo******

* Matança de huguenotes em Paris, na noite de 23 para 24 de agosto de 1572, por instigação de Catarina de Médici e dos Guises, com o consentimento de Carlos IX, rei da França. Houve então cerca de 25 mil mortos. (N.T.)

** Personagem de Walter Scott em *Rob Roy*. (N.T.)

*** Importante cidade a meio caminho entre Moscou e os Urais, próxima do Volga, hoje capital da República Autônoma Tártara. (N.T.)

**** Ivan IV, conhecido também por Ivan, o Terrível. (N.T.)

***** Reformador religioso tcheco. Adotou as ideias de Wicleff, foi excomungado por Alexandre V e queimado vivo por sentença do Concílio de Constança. Suas cinzas foram atiradas ao Reno. (1369-1415). (N.T.)

****** Ópera histórico-legendária, em cinco atos, com música de Meyerbeer e libreto de Scribe e Dalavigne, estreada em Paris em 1831. (N.T.)

(conhece essa partitura? Cheira a cemitério), com Minna* e seus comparsas, com a batalha de Berezina**, com a recitação de uma poesia na casa da condessa V.D. com Danton, com Cleópatra e *i suoi amanti*, com uma casinha de Kolomna***, com um cantinho muito petersburguês onde pudesse ter sentadinha a seu lado uma mulherzinha muito amada que, com a boquinha e os olhos muito abertos, o escutasse nos serões do inverno... tal qual como a Nástienhka me está escutando agora, minha pombinha... Não, Nástienhka, que importa a ele, ao nosso apaixonado preguiçoso, que lhe importa esta vida terrestre que a nós tanto nos encanta? Para ele é uma pobre, uma mísera vida que merece compaixão, e nem sequer supõe que também alguma vez há de chegar para ele a hora em que daria com gosto todas as suas fantasias por um só dia dessa vida, e, até mesmo, não por um dia alegre, ou por uma felicidade, pois nem sequer há de poder escolher nessa hora de pesar, de arrependimento e de autêntica dor. Mas por enquanto não chegou ainda esse dia terrível... e ele nada deseja porque paira acima de todos os desejos, porque já os tem todos, porque já está repleto e é o próprio artista da sua vida, e pode a todo instante modelá-la à sua vontade. E surge tão fácil, tão naturalmente, esse fantástico mundo de fábula, como se tudo não fosse senão uma invenção do cérebro. Na verdade somos frequentemente tentados a acreditar que toda essa vida não é uma criação da sensibilidade, nem um caprichoso jogo insubstancial ou uma invenção enganadora,

* Personagem de Walter Scott em *Minna e Brenda.* (N.T.)

** Rio da Rússia Branca, afluente do Dnieper. Em 1812, ao atravessá-lo, em retirada, as tropas de Napoleão sofreram grande desastre. (N.T.)

*** "A casinha de Kolomna", poema de Púchkin. (N.T.)

mas uma autêntica realidade, uma coisa que existe realmente, algo de concreto e de palpável. Pois diga-me Nástienhka: por que será que nos instantes dessa vida irreal chegamos a prender a respiração? Por quê? Qual o motivo por que, como por efeito de um sortilégio inexplicável, o nosso pulso bate mais depressa, as lágrimas afluem aos nossos olhos, as faces do sonhador ficam afogueadas e todo o seu ser parece dilatar-se num prazer arrebatador? Por que existem para ele noites inteiras em que passa mergulhado numa profunda alegria, numa felicidade, sem pensar em dormir nem por um momento? E quando a manhã volta a brilhar com róseos matizes nos vidros das janelas, e os primeiros alvores do dia penetram com a sua luz indecisa e vaga no aposento, e o nosso sonhador, rendido e esgotado, se estende no leito e fica adormecido – por que terá ele então a impressão de que vai morrer de pura felicidade, com todo o seu espírito quase doentiamente comovido, e além de tudo isso, com uma dor penosa e doce no coração? Sim, Nástienhka, é assim que nós nos iludimos e, como estranhos, julgamos involuntariamente que uma paixão verdadeira, física, comove a nossa alma. Involuntariamente acreditamos que nos nossos sonhos incorpóreos há qualquer coisa de vivo e de palpável. Mas que ilusão! Suponhamos, por exemplo, que no peito do sonhador tenha despertado o amor com toda a sua dor inesgotável... Basta que olhemos para ele para ficarmos convencidos da realidade do seu sentimento. Ao vê-lo assim, querida Nástienhka, poderá acreditar que ele nem sequer conhece aquela que ama nesses seus sonhos encantados? Viu-a ele alguma vez que não fosse nas obsessivas visões da sua fantasia? E fez ele outra coisa que não fosse... sonhar com essa paixão?

Não é verdade que ela sempre continue, ao longo dos anos da sua vida, levada pela mão... formando os dois um parzinho... e sem preocupar-se com unir a sua vida à do seu rival? Não é verdade que, quando ele se despediu, já tarde, ela se deixou tombar chorando contra o seu peito, sem reparar na tormenta desencadeada debaixo do céu inclemente, sem se aperceber do vendaval que secava as lágrimas sobre as suas faces? Teria sido então tudo isso um simples sonhar acordado... e também o jardim solitário e abandonado, com os carreirinhos cobertos de erva, em que ambos passearam tantas vezes de mãos dadas, erguendo ilusões, e em que se desejaram e se amaram tão triste e docemente, segundo a frase da velha canção? E também essa antiga e arruinada mansão senhorial em que ela viveu tanto tempo só e triste, com aquele marido velho e austero que, eternamente calado e carrancudo, apoquentava como um espectro os dois amantes que escondiam o seu amor como crianças tímidas? Como sofriam, como temiam, que puro e inocente era esse amor, e como – nem é preciso dizê-lo – como eram maus os outros homens, Nástienhka! E, meu Deus, não tornou ele a vê-la realmente, passado algum tempo, longe da pátria, debaixo dum céu estranho do Sul, num palácio – tinha que ser num palácio – numa cidade eterna e maravilhosa, num salão de baile e ao som duma música embriagadora? Não teriam eles então estado, os dois, encostados à janela emoldurada de mirtos e de rosas, e ela, tirando a máscara, não disse ao seu ouvido: "Sou livre!", e ele não a estreitou depois nos seus braços, doido de felicidade, e não se cingiram realmente os seus corpos, e por um instante esqueceram todas as suas dores e o tormento da separação, a casa sombria, o velho conde, o jardim abandonado na pátria longínqua e o banco em que trocaram os últimos beijos apaixonados, para finalmente se desprenderem os seus braços? Oh, sim! Não há mais remédio senão concordar, Nástienhka, que é uma coisa bem natural que uma pessoa se excite e fique vermelha, e fique perturbada como um colegial apanhado numa travessura, como se tivesse acabado de guardar uma maçã roubada numa chácara alheia, quando de repente se abre a porta de casa e surge entre os umbrais um rapazote sadio, um moço sempre alegre e jovial que nos saúda alegremente, como se nada tivesse acontecido. "Meu caro, acabo de chegar de Pávlovsk."* Meu Deus! Tinha morrido o velho conde e ela estava livre! Sentimo-nos alagados numa felicidade inconcebível. Era esta a notícia que nos traziam de Pávlovsk.

Fiz uma pausa, pois o meu apaixonado solilóquio estava a chegar ao fim. Devo dizer ainda que eu tinha uma vontade enorme de irromper numa gargalhada forte, estrepitosa, de deixar sair de dentro de mim algo que vinha envolto em risos, pois sentia que efetivamente no meu íntimo começava a bulir e a apertar-me a garganta um diabinho malicioso que me fazia cócegas no queixo e nas pálpebras...

Naturalmente eu esperava que Nástienhka, que me olhava com uns olhos imensos de mulher compreensiva, se pusesse a rir de um modo infantil, irreprimível, e lamentava já ter ido tão longe nas minhas confidências e ter-lhe contado coisas que já há tanto trazia no meu íntimo, e que por isso as podia expor como se estivesse lendo em algum livro aberto. Durante anos inteiros tinha me preparado para julgar a mim próprio como

---

* Pequena cidade, lugar de veraneio, 25 km ao sul de São Petersburgo, célebre, na época, pelos seus concertos musicais. (N.T.)

um réu e para ditar a minha própria sentença e agora, realmente, não conseguira conter-me e tinha pronunciado a sentença, se bem que, para falar francamente, sem cair na ilusão de que pudesse ser compreendido. Mas, com grande assombro da minha parte, ela ficou calada por um momento e depois apertou suavemente a minha mão e perguntou-me num tom de estranha e terna simpatia:

– Mas, de verdade, tem passado assim toda a sua vida?

Toda a minha vida, Nástienhka – respondi –, desde que vivo neste mundo, e creio que há de ser assim até o fim.

– Não, isso não; não é possível que seja assim – protestou ela com inquietação visível – e também não é assim. Então também podia ser possível que eu viesse a passar toda a minha vida ao lado da minha avó. Escute: sabe que não é nada agradável levar sempre essa vida?

– Bem sei, Nástienhka, se sei! – exclamei eu sem poder ocultar os meus sentimentos. – E agora sei, melhor do que antes, que perdi inutilmente os melhores anos da minha vida. Sim, bem o sei, e este conhecimento dói-me agora mais do que nunca, uma vez que Deus me enviou você, meu anjo bom, para dizer-me e demonstrar-me. Agora que estou sentado ao seu lado e que falo com você, infunde-me um extraordinário desalento pensar no que há de vir, pois, na vida que tenho ainda à minha frente... apenas vejo solidão, e de novo essa vida ociosa, inútil e aborrecida. E que hei eu de sonhar então que seja mais belo do que a vida, depois de ter realmente gozado aqui, ao seu lado, instantes tão felizes? Oh, bendita seja, minha amiga encantadora, por não me ter afastado logo às primeiras palavras! Graças a isso que eu posso dizer que, pelo menos, ainda tive duas noites felizes na minha vida!

– Ah, não, não! – exclamou Nástienhka com os olhos brilhantes de lágrimas. – Não, isso não pode ser. Não podemos nos separar assim. O que são duas noites?

– Ah, Nástienhka, Nástienhka! Sabe que consegui reconciliar-me comigo mesmo para muito tempo? Sabe que daqui para diante já não hei de ter pensamentos tão negros como em muitos momentos anteriores? Sabe que talvez eu já não torne a preocupar-me por ter incorrido num pecado e num delito, se é que uma vida dessas é pecado e delito? E não julgue que exagero de qualquer maneira, Nástienhka; não pense isso, por amor de Deus! Há momentos em que sinto tal tristeza, tal espanto... Nesses momentos chega a parecer-me, e até começo a acreditá-lo, que já não poderei iniciar nenhuma vida nova, pois já por mais de uma vez tive a impressão de que perdia todo o sentimento e toda a sensibilidade para tudo quanto é realidade e vida verdadeira, porque eu amaldiçoei a mim mesmo, porque às minhas noites fantásticas se seguem momentos de prostração terríveis. E, para além de tudo isto, acabamos por sentir que as massas humanas se agitam à nossa volta em ruidoso tropel, ouvimos e vemos como vivem as criaturas: o que se chama viver, viver de verdade e acordado, e chegamos a verificar que a nossa vida não obedece à nossa vontade, que a nossa vida não se deixa moldar como um sonho, que eternamente se renova e fica eternamente jovem, e nela nenhuma hora é igual à que se segue, enquanto a horrível fantasia, essa nossa força de imaginação, acaba por ficar desconsolada e suscetível, e monótona até a vulgaridade, escrava da sombra, do puro pensamento, escrava das primeiras nuvenzinhas que de repente cobrem o sol e oprimem numa dor amarga o nosso coração que tanto ama esse mesmo sol, e, até na própria dor, que fantasia! Sentimos que, por fim, essa mesma fantasia que parece inesgotável, há de esgotar-se na sua eterna tensão, pois vamos nos tornando mais viris e amadurecidos, e superamos os nossos antigos ideais, que se desvanecem e se reduzem a palavras e a pó. E, se depois não houver outra vida, temos de nos pôr a reunir os restos desse entulho para com eles voltarmos a refazê-la. E, contudo, nossa alma reclama e anseia por algo completamente diferente. E em vão o sonhador remexe nos seus antigos sonhos, como se ainda procurasse no rescaldo uma centelha, uma só, por pequena que fosse, sobre a qual pudesse soprar, e com a nova chama assim ateada aquecer depois o coração enregelado e voltar a despertar nele o que dantes lhe era tão querido, o que comovia a nossa alma e nos arrebatava o sangue, aquilo que fazia subir as lágrimas aos nossos olhos e que era uma ilusão tão bela. Nástienhka, sabe até onde é que eu cheguei? Sabe que até me vejo na obrigação de celebrar o jubileu das minhas sensações, o aniversário daquilo que um dia foi maravilhoso, e que no entanto nunca existiu, pois esses aniversários comemoram todos os mesmos sonhos vãos e loucos? Sabe que apesar disso tenho de assim fazer, porque a esses sonhos loucos nem sequer se seguem já outros que os substituam e afugentem? Pois os sonhos precisam também ser substituídos... Sozinhos, *per si*, nunca terminam e sobrevivem a si mesmos, sabe? Agora procuro de preferência os locais em que um dia fui feliz, feliz à minha maneira, e tento pela imaginação imprimir ao presente a forma do passado que não volta, ou então evocar esse próprio passado. E então, como uma sombra, ponho-me muitas vezes a dar voltas sem objetivo pelas ruelas de São Petersburgo. Lembro-me neste momento, por exemplo, de que, faz agora um ano, ia eu por esta calçada, a esta mesma hora, tão só e triste como hoje. E recordo que os meus pensamentos de então eram tão tristes como os de agora, e se bem que o passado não seja melhor, parece-nos sempre que foi, como se tivéssemos então vivido mais placidamente e não tivéssemos sentido por sobre a alma essa vaga melancolia que agora nos persegue; que não sentíamos esses remorsos de consciência que nos atormentam de um modo tão doloroso e persistente e não nos deixam um momento de repouso, nem de dia, nem de noite. E as pessoas abanam a cabeça e murmuram: "Como os anos passam depressa!". E perguntam ainda: "Que fizeste durante esse tempo? Chegaste realmente a viver ou não?". "Olha", dizemos para nós mesmos, "repara que frio faz neste mundo. Basta que passem mais uns anos para que chegue a espantosa solidão, a trêmula velhice que traz consigo a tristeza e a dor. O teu mundo fantástico há de perder então as suas cores, murcharão e morrerão os teus sonhos, e, como as folhas amarelas que tombam das árvores, também eles se desprenderão de ti..." Ó Nástienhka! Que tristeza então vermo-nos sozinhos, completamente sozinhos, e não termos de que nos lamentarmos... nem isso, ao menos! Pois tudo aquilo que perdemos nada era, nada mais do que um zero, um simples zero: apenas uma ilusão.

– Mas por amor de Deus, acabe, não me aflija mais – exclamou Nástienhka enxugando uma lagrimazinha que lhe corria pelo rosto. – Agora tudo isso passou. Agora nunca mais estaremos sós, pois, aconteça o que acontecer, havemos de ser sempre amigos. Escute: eu sou uma pessoa inculta; não estudei muito, embora a minha avó me tenha arranjado professores; mas acredite, eu o compreendo muito, muito bem, pois tudo isso que me contou também eu o sentia quando estava sentada perto de minha avó. É claro que nunca poderia contá-lo assim tão bem, porque não tenho estudos – acrescentou baixinho, pois o meu patético discurso tinha-lhe infundido um certo respeito – mas estou muito contente por ter merecido essas confidências. Agora já o conheço, conheço-o a fundo. E sabe o que lhe digo? Que lhe vou contar também a minha história, desde o princípio até o fim, e depois há de dar-me um conselho. Você é um homem inteligente, já sei: mas há de prometer-me que, depois de me ter escutado, dará uma opinião sincera.

– Ah, Nástienhka! – respondi-lhe. – Eu nunca dei conselhos a ninguém e também não possuo essa inteligência a que se referiu; mas agora vejo bem que se tivéssemos vivido sempre assim, havia realmente de chegar a tê-la, e que poderíamos dar um ao outro grandes conselhos de prudência. Pois bem, encantadora Nástienhka: de que conselho precisa? Diga-me sem rodeios. Eu estou agora tão contente, tão alegre, sinto-me tão feliz que provavelmente não seria preciso puxar-me pela língua, como se costuma dizer.

– Não, não! – exclamou Nástienhka com precipitação. – Eu preciso de um conselho prudente, um conselho saído do coração, um conselho sinceramente amigo e que me seja dado, repare, como se você tivesse gostado de mim durante toda a vida.

– Bem, Nástienhka, combinado! – exclamei eu. – Mas acredite que se eu gostasse de você já há vinte anos, não gostaria mais fervorosamente do que neste momento.

– Dê-me a sua mão! – disse Nástienhka.

– Aqui a tem!

– Bem, então muita atenção, que lhe vou contar a minha história.

– Metade da minha história você já conhece, quero dizer, já sabe que eu tenho uma avó...

– Se a outra metade não é mais comprida do que a primeira... – objetei eu, sorrindo.

– Fique em silêncio e escute-me. Antes de mais nada, uma condição: não vá interromper-me, pois, do contrário, acabaria por atrapalhar-me. Portanto, atenção. Eu tenho uma avó. Vivo com ela desde criança, pois fiquei órfã de pai e mãe quando era ainda pequena. Julgo que a minha avó foi rica noutros tempos, porque está sempre a falar dos áureos tempos que se foram. Foi ela quem me ensinou o francês, embora depois tenha me arranjado um professor. Aos quinze anos – agora tenho dezessete – deixei de estudar. Foi por essa época que fiz aquela diabrura. Não poderia dizer-lhe concretamente que diabrura foi: basta que lhe diga que não foi nenhuma coisa do outro mundo. Mas ainda assim o resultado foi que a minha avó me chamou uma certa manhã e disse-me que, como não podia vigiar-me por causa da sua cegueira, tinha decidido, e assim o fez, pegar num alfinete e prender as minhas saias às suas, comunicando-me que havíamos de passar assim a vida se eu não me emendasse. A princípio não encontrei qualquer possibilidade de libertar-me; a única coisa que fiz foi trabalhar, ler e estudar; sempre agarrada à saia da vovó. Uma vez recorri a uma artimanha e disse a Fiokla que se sentasse no meu lugar. A Fiokla é a nossa criada e é surda, coitada. Foi assim que ela tomou o meu lugar quando a avozinha estava já adormecida na sua poltrona. Eu aproveitei e saí correndo em busca de uma amiga que tinha na vizinhança. Mas a coisa não saiu bem. A vovó acordou antes que eu tivesse regressado, e perguntou não sei o que, julgando que eu estava ao seu lado, como sempre, pois, como disse, ela é cega. Mas Fiokla, que a viu falar, não pôde perceber o que ela dizia por causa da surdez; e foi assim que a infeliz, depois de ter meditado muito sobre o que havia de fazer, tirou o alfinete e, correndo, veio buscar-me...

Nástienhka desatou a rir. Eu, naturalmente, imitei-a. Mas depois tornou logo a ficar séria.

– Olhe, não se ria da minha avó. Eu, se me rio, é por causa do cômico da situação. Que havemos de fazer? A vovó, coitada, é assim... Mas fique sabendo que, apesar de tudo, gosto dela. Pois bem: quando voltei para casa esperava-me um belo sermão; tive de ir sentar-me imediatamente junto dela, as minhas roupas foram outra vez presas às suas, e depois... meu Deus! Não podia mexer-me! Ah! Esqueci-me de dizer-lhe que nós, ou melhor, que a minha avó é proprietária de uma casinha, uma casinha de madeira apenas com três janelas na fachada, muito engraçada e tão velha como a sua dona. Mas tem um quarto no andar de cima, e a vovó arranjou um inquilino para lá.

– Então também tinham um hóspede? – perguntei eu como por acaso.

– Tínhamos – respondeu Nástienhka –, e, por sinal, que sabia ficar calado, muito melhor do que você. Além disso ele mal sabia mexer a língua. Era um velhinho miúdo, surdo, encarquilhado, tonto, cego e paralítico, de maneira que não podia continuar por muito tempo neste mundo e por isso resolveu morrer. Depois o quarto ficou livre e tivemos de procurar um novo inquilino, pois a renda do quarto e a pensão da vovó são os nossos únicos recursos. O novo inquilino era um rapazinho, que não era de São Petersburgo. Como nem sequer tentou discutir o preço do quarto, a vovó alugou-lho; mas mal ele se tinha retirado, perguntou-me: "Nástienhka, o inquilino é velho ou novo?". Eu não quis mentir-lhe e disse-lhe "Muito novo, muito novo não é, avozinha; mas também não é velho". "E que aspecto tem? E pessoa distinta?", perguntou-me ela ainda. Eu, mais uma vez não quis mentir-lhe. "Sim, avozinha", disse-lhe, "tem um aspecto muito distinto". Mas a minha avó suspirou: "Ah, minha filha! Isto é uma prova a que Deus nos vai sujeitar. Digo-te isto, minha filha, para que não olhes para ele muitas vezes. Os tempos estão de uma tal maneira! Um inquilino pobre e, entretanto, com um aspecto distinto! Antes era tudo muito diferente".

"A vovó estava sempre intrometendo os tempos passados à conversa. Naquele tempo ela era mais nova, o sol brilhava mais e aquecia melhor, e a nata não azedava tão depressa... Tudo era melhor no seu tempo. Eu, enquanto ela dizia estas coisas, permanecia sentada e calada; mas dizia cá para comigo: 'Que intenção teria tido a avozinha quando me perguntou se o inquilino é novo e distinto?'. Mas isso foi um pensamento fugaz, e depois pus-me outra vez a contar as malhas e continuei a fazer meias, como se nada tivesse acontecido. Mas uma manhã... eis que de repente entra o nosso inquilino na sala onde nós estávamos, para nos perguntar pelo tapete que lhe tínhamos prometido para o seu quarto. As palavras começam a enrolar-se. A avozinha fala pelos cotovelos e depois vai e diz-me: 'Nástienhka, vai ao meu quarto e traz o ábaco'. Eu me pus imediatamente de pé, o sangue subiu-me ao rosto, não sei por que, ao mesmo tempo esqueci-me completamente de que estava presa às suas roupas e, em vez de tirar o alfinete às escondidas, para que o inquilino não visse, dei um puxão tão forte que acabei indo rolar atrás da cadeira da minha avó. Mas, ao ver que o inquilino tinha percebido tudo, fiquei ainda mais corada e permaneci ali especada; de súbito rompi a chorar... De tal maneira me envergonhava de ter rolado pelo chão. Mas a vovó então me disse: 'Que estás fazendo aí? Por que não vais buscar aquilo que te disse? Anda, vai'. Mas eu redobrava o meu choro. Então o inquilino compreendeu que eu estava envergonhada por ele ter assistido à cena, despediu-se rapidamente e foi-se embora. A partir dessa tarde, mal sentia qualquer ruído lá fora, o meu coração dava logo um pulo. 'Será o inquilino que vem nos visitar?', pensava eu e em seguida ia e desprendia o alfinete devagarinho, para que a vovó não se desse conta. Mas... nunca era ele... Ele não vinha. E assim se passaram duas semanas. Até que um dia mandou dizer pela Fioka que tinha muitos livros bons, e se a vovó queria que eu lhe lesse alguns para distraí-la. A vovó, agradecida, aceitou a oferta, limitando-se a perguntar-lhe se na verdade eram livros decentes, 'pois se são imorais', disse, 'não pode ler de maneira nenhuma, Nástienhka, porque tirará deles um mau proveito'.'Então o que é que eu devo ler, avozinha?', perguntei-lhe. 'O que dizem os livros maus?' 'Coisas más, minha filha. É neles que se descreve a maneira como os jovens libertinos seduzem as meninas honestas; como, com a promessa de casamento, as tiram da casa de seus pais e depois as abandonam, e como as desventuradas acabam sempre mal. Eu', disse a minha avó, 'li muitos desses livros e todos eles', acrescentou, 'descrevem tudo tão ao natural, que uma pessoa até passa a noite sem dar por isso. E por isso, Nástienhka', concluiu, 'cuidado com os livros desse gênero. Que livros nos mandou ele?' 'Romances de Walter Scott, avozinha', disse eu. 'Ah! Romances de Walter Scott. Mas tenha muito cuidado, pode esconder-se neles algo de suspeito. Quem sabe se ele não pôs entre essas páginas alguma cartinha de amor!' 'Não, avozinha, aqui não há nenhuma.' 'Vê bem por todos os lados, até na capa; às vezes escondem aí as cartas.' 'Não, avozinha', disse-lhe eu, 'também não há nada na capa.' 'Bem; mas não te esqueças que toda a cautela é pouca', respondeu-me ela.

"E assim começamos a ler Walter Scott, e em coisa de um mês tínhamos já dado conta de quase metade dos livros. A seguir ele enviou-nos outros, entre os quais vinham as obras de Púchkin, de maneira que eu já não podia ficar sem ler e, por causa dos livros esqueci-me completamente que podia casar-me com um príncipe chinês. Estavam as coisas neste pé quando por acaso me encontrei um dia com o nosso inquilino na escada. A avozinha tinha me mandado buscar algo. Ele passou e eu fiquei muito corada. Ele também enrubesceu; depois sorriu e cumprimentou-me perguntando-me pela saúde da minha avó. A seguir perguntou-me se eu já tinha lido os livros. E eu lhe respondi: 'Já, já'. 'É mesmo? E de qual é que gostou mais?' Respondi-lhe: 'Aqueles de que mais gostei foram *Ivanhoé* e as obras de Púchkin'.

"E com isso, por aquela vez, demos por terminada a nossa conversa. Ao fim de uma semana, tornei a encontrá-lo outra vez na escada. Mas nesse dia a avó não tinha me mandado buscar nada, era eu quem precisava de algo. Deviam ser duas da tarde, e eu sabia que era essa a hora em que o nosso inquilino costumava vir para casa. 'Boa tarde!', disse ele. 'Boa tarde!', respondi eu. 'Não se aborrece de estar assim todo o dia sentada perto da sua avó?', perguntou.

"Ao ouvir aquela pergunta, não sei por que... o certo é que tornei a ficar corada, envergonhei-me e fiquei um tanto ofendida com as suas palavras... talvez porque já não fosse ele o primeiro que me fazia aquela pergunta. Estive quase tentada a retirar-me sem responder, mas faltaram-me forças. 'Você é uma boa menina', disse ele. 'Desculpe-me que lhe fale desta maneira, mas garanto que gostaria de lhe proporcionar uns momentos mais agradáveis do que aqueles que lhe proporciona a sua avó. Não tem amigas com quem se dê?' Respondi-lhe que não tinha nenhuma, pois Máchenhka, a minha única amiga, tinha ido para Pskov. 'Gostaria de vir um dia comigo ao teatro?', perguntou-me ele. 'Ao teatro?', perguntei eu por minha vez. 'E minha avó?' 'Espere!', disse ele. 'Não há necessidade de contar a ela... Pode vir sem ela saber...' 'Não', disse-lhe eu, 'não quero enganar a vovó. Adeus, passe muito bem!' Ele se limitou a cumprimentar-me, sem me dizer uma palavra. Nessa tarde, logo que acabou de comer, veio visitar-nos. Sentou-se, pôs-se a falar com a vovó e perguntou-lhe se nunca saía de casa, se não tinha amizades... e, de repente, disse: 'Comprei um camarote para a ópera, para esta noite: cantam *O barbeiro de Sevilha*; mas os amigos com quem eu tinha combinado ir esta noite, não podem ir, surgiu-lhes inesperadamente um contratempo. Por isso tenho de ir sozinho!' '*O barbeiro de Sevilha*!', exclamou a vovó. 'É o mesmo *Barbeiro* que cantavam noutros tempos?' 'Sim, minha senhora', respondeu ele. 'O mesmo.' E ao dizer isso olhou para mim. Mas eu já tinha percebido tudo, corei, e o coração palpitavame de ansiedade. 'Então o conheço!', exclamou a avó. 'Como é que não havia de conhecê-lo? Se cantei a parte de Rosina, sobre os palcos, quando era nova!' 'Então não gostaria de tornar a ouvi-lo esta noite na Ópera?', perguntou-lhe ele. 'Assim já não se perdia o bilhete...' 'Bem, por mim, vou', exclamou a minha avó. 'Por que não havíamos de ir? E também Nástienhka nunca foi a um teatro!'

"Que alegria, meu Deus! Vestimo-nos e marchamos para a Ópera! A vovó está cega e já é muito velhota, mas pelo menos queria ouvir a música e, além disso, aceitou o convite principalmente por minha causa, para que eu me divertisse, pois, a não ser por aquele processo, nunca teríamos ido à Opera. Qual a impressão que me teria feito *O barbeiro de Sevilha*... nem é preciso que diga, pois já deve calcular.

"Ele esteve sempre a olhar para mim naquela noite com um ar muito afetuoso, e eu compreendi então que aquilo que ele me tinha dito na escada tinha sido apenas para me testar, para ver se eu era capaz de ir com ele ao teatro sozinha. E então fiquei muito satisfeita por ter lhe respondido daquela maneira. Quando me deitei, nessa noite, estava tão orgulhosa e tão alegre, e o coração pulsava-me com tanta força que tive até um pouco de febre e passei a sonhar com o tal Barbeiro.

"Eu pensava, naturalmente, que dali em diante o nosso inquilino iria tornar mais frequente as suas visitas... mas enganei-me. Quase nunca mais nos visitou. Apenas o fazia uma vez por mês e somente para nos convidar a ir com ele ao teatro. Ainda fomos mais duas vezes com ele, mas... aquilo não me agradava. Eu percebia que apenas lhe inspirava compaixão, e nada mais, por estar constantemente presa às roupas da minha avó.

E quanto mais aquilo se prolongava, mais me aborrecia; não podia estar sentada, nem ler, nem trabalhar, por mais que me esforçasse. Às vezes ria e fazia qualquer coisa que eu sabia perfeitamente que ia desgostar a vovó. Mas depois ficava quase a chorar, quando não chorava mesmo a valer. Finalmente acabei por cair quase doente. A temporada da Ópera estava prestes a acabar e o nosso inquilino deixou por completo de nos visitar. Mas quando nos encontrávamos – na escada, evidentemente – cumprimentava-me muito sério e silencioso e passava junto de mim como se não quisesse falar comigo, e quando ele já estava lá em cima há muito tempo, ainda eu estava na escada, corada como uma cereja, pois o sangue subia-me às faces assim que punha os olhos nele.

"A minha história está prestes a acabar. Fez precisamente um ano em maio que o nosso inquilino voltou a visitar-nos, depois de uma larga ausência, e disse à minha avó que tinha arrumado já os assuntos de que precisava tratar aqui e que por isso se via obrigado a ir viver durante um ano em Moscou. Quando o ouvi dizer aquilo empalideci e deixei-me cair sobre uma cadeira... Achei que ia morrer.

"'Que hei de fazer?', perguntava e tornava a perguntar a mim mesma, torturava a cabeça, afligia-me, até que por fim tomei uma resolução. 'Amanhã ele vai embora', disse, e decidi-me naquela mesma noite, enquanto minha avó dormia, a preparar também as minhas coisas. Dito e feito. Fiz um embrulho com os meus vestidos e a roupa branca de que precisava e, com o embrulho na mão, mais morta do que viva, subi as escadas até o andar do nosso inquilino. Creio que devo ter levado quase uma hora a subir aquela escada. Quando abriu a porta do quarto, deu um pulo e olhou para mim, como se eu fosse um fantasma. Mas isso foi coisa de um momento. Depois foi logo buscar um copo d'água, o trouxe e o ofereceu a mim, pois eu mal podia ficar de pé. O coração batia-me tão forte que até me doía a cabeça e parecia que já nem compreendia nada. Mas quando voltei a mim, a única coisa que fiz foi pôr o embrulho em cima da cama dele, sentar-me ao lado, tapar o rosto com as mãos e romper numa torrente de lágrimas. Creio que ele percebeu tudo imediatamente, pois sentou-se junto de mim, ficou muito pálido e deteve-se a olhar-me com tanta tristeza que me partia o coração.

"'Escute', começou, 'escute, Nástienhka, eu não posso. Eu sou pobre! De momento não posso contar com coisa nenhuma, nem sequer com um emprego. De que iríamos nós viver se nos casássemos?'

"Falamos durante muito tempo. Por fim, eu perdi completamente o domínio sobre mim mesma e disse que não podia continuar a viver com a vovó, que queria ir embora e não estava disposta a consentir que me prendessem pelas saias; que se ele quisesse estava disposta a acompanhá-lo a Moscou, pois já não podia viver sem ele! Vergonha, amor e orgulho. Tudo isso eu sentia ao mesmo tempo; e como que atacada de convulsões, deixei-me cair sobre a cama. Tinha tanto medo de um desaire! Ele ficou um momento calado, depois levantou-se, aproximou-se de mim e puxou-me por uma mão.

"'Ouve, minha querida, minha boa Nástienhka', disse-me, e a voz dele era trêmula de choro, 'ouve-me: jurar-te que se algum dia me encontrar em situação que possa casar-me, serás tu a minha eleita, aquela que espero há de me fazer feliz. Juro-te que não poderia ser outra senão tu. Mas ouve ainda uma coisa: eu, agora, tenho de partir para Moscou, onde devo ficar um ano. Espero arranjar uma colocação durante este tempo. Se quando eu voltar tu ainda gostares de mim juro que havemos de ser felizes os dois. Mas agora é impossível, estou na maior pobreza e não tenho o direito de prometer-te nada. Mas se daqui a um ano também ainda não estiver na situação de assim fazer, esperaremos um pouco mais até que por fim havemos de conseguir o que desejamos... Claro que se até lá não tiveres dado a outro a tua preferência, pois eu não te obrigo com nenhuma palavra, não posso nem devo fazê-lo.'

"Assim me falou ele e no dia seguinte partiu. Mas antes de ir embora ainda tornamos a falar e combinamos não dizer nada a minha avó. Foi ele quem assim quis. É aqui que... acaba a minha história. Desde essa data até agora já passou precisamente um ano. Ele voltou, já há três dias e..."

– E o quê? – perguntei-lhe eu inquieto.

– Até agora ainda não veio visitar-nos! – terminou Nástienhka esforçando-se por se dominar. – Nenhuma palavra, nenhuma carta!

Deteve-se, permaneceu um momento silenciosa, baixou a cabeça cobrindo o rosto com as mãos, e rompeu num pranto tão desconsolado que me partia o coração. Nunca tinha esperado este desfecho.

– Nástienhka! – exclamei, pondo na minha voz a maior bondade e a mais profunda simpatia. – Nástienhka! Pelo amor de Deus, não chore assim! Quem lhe deu essas notícias? Pode ser que ele nem sequer esteja aqui.

– Está aqui, está – confirmou ela com insistência. – Naquela noite, antes da sua partida, combinamos uma coisa... Quando tivemos aquela conversa que acabei de lhe contar, viemos aqui a este lugar, e andamos por aqui. Eram dez horas e sentamos neste mesmo banco. Eu então já não chorava, pois sentia um prazer tão grande em escutá-lo... Ele me afirmava que havia de vir visitar-nos quando voltasse, e que se eu não me opusesse, então diríamos tudo à minha avó. Mas agora já voltou, sei muito bem, e no entanto não veio nos ver, não veio!

E começou outra vez a chorar.

– Valha-me Deus! Não sei o que hei de fazer por você! – exclamei e, na minha inquietação, levantei-me do banco. – Diga-me, Nástienhka, não seria possível ir eu procurá-lo e falar com ele?

– Você, ir procurá-lo? – perguntou ela erguendo os olhos de repente.

– Bem, não era bem isso o que queria dizer, evidentemente! Mas escute... por que não lhe escreve uma carta?

– Não, isso não pode ser, não me fica bem! – respondeu ela rapidamente, baixando a cabecinha, sem olhar para mim.

– Mas por que não, afinal? Por que é que não pode ser? – continuei pois o meu plano começava a agradar-me. – A questão está na carta que lhe iria escrever! Há cartas e cartas... Ai, Nástienhka, tenha pena de mim, apesar de tudo! Eu não quero aconselhá-la mal! Acredite que não há nada por que eu faria isso! Também foi a Nástienhka, afinal, quem deu o primeiro passo... Por que não quer agora?

– Não, não, isso não está certo. Seria quase colocar-me à frente dos seus olhos...

– Ah, que menina esta – interrompi-a eu sem

ocultar o meu sorriso. – E afinal está no seu direito de fazê-lo, desde que ele lhe deu a sua palavra. Além disso, ele, segundo o que deduzo daquilo que me contou, também é uma boa pessoa – prossegui eu envolvendo-me cada vez mais na lógica das minhas deduções e conclusões. – Como se conduziu ele com você naquela altura? Não é verdade que se comprometeu com aquela promessa? Ele disse-lhe que só se casaria quando estivesse em condição de assim fazer, e quanto a você, em compensação, deixou-a em completa liberdade; por isso, se quiser, pode desligar-se dele a qualquer momento... Portanto é a Nástienhka quem deve dar agora o primeiro passo, visto que ele lhe deixou o direito de prioridade. Precisamente como se se tratasse agora de descomprometer-se com uma palavra de honra ou algo do gênero...

– Diga-me: no meu caso, como é que escreveria?

– Escreveria o quê?

– Essa carta...

– Eu... Muito simplesmente... Começaria... "Meu prezado amigo...

– Não há outra solução senão começar assim?

– Não. Mas que tem a objetar a isto?

– Não, não, está muito bem, continue!

– Bem. "Meu prezado amigo: desculpe se..." Mas não, essas desculpas são supérfluas. Aqui os fatos bastam para explicar tudo. Por isso diríamos simplesmente: "Venho escrever-lhe e pedir-lhe que desculpe a minha impaciência, mas fui tão feliz durante um ano, quando vivia na ilusão de que... onde hei de eu ir procurar agora a paciência necessária para suportar um dia só que seja de incerteza? Agora que já voltou e não se dignou a vir visitar-me, vejo-me na necessidade de pensar que, com o tempo, você mudou de ideia. Nesse caso, esta carta apenas lhe dirá que não me queixo nem lhe faço qualquer censura. Como haveria eu de censurar-lhe alguma coisa, se não é culpa sua que eu não tenha podido prender o seu coração por mais tempo? É este o meu destino... Você é um homem fino e inteligente, e estou certa de que estas minhas toscas linhas não hão de fazê-lo rir nem lhe causarão aborrecimento. Mas, no entanto, não se esqueça de que é uma pobre moça que lhe escreve, que se encontra completamente só e não tem uma pessoa a quem possa contar as suas penas e pedir um conselho, e que também nunca aprendeu a dominar o seu coração. Mas não se aborreça comigo, se é que incorri na torpeza de, por um instante, abrigar dúvidas na minha alma. Sei muito bem que você não seria capaz de ofender, nem sequer pelo pensamento, aquela que tanto lhe quis e que apesar de tudo ainda..."

– Isso, é isso mesmo! Era isso mesmo o que eu tinha pensado! exclamou Nástienhka, e os seus olhos brilharam de alegria. – Oh, você dissipou todas as minhas dúvidas! Foi Deus quem o enviou! Muito obrigada, muito obrigada!

– Muito obrigada? Por quê? Por Deus me ter enviado em seu auxílio? – perguntei-lhe e, extasiado, contemplei o seu rosto que resplandecia de prazer.

– Sim, por isso mesmo!

– Ah! Nástienhka! Verdadeiramente devemos estar agradecidos a várias pessoas, só pelo fato de viverem conosco ou de viverem tão sozinhas. Eu, por exemplo, sou-lhe muito grato por tê-la encontrado e poder pensar em você daqui para diante.

– Bem, bem, não diga mais nada! Mas agora... Você ainda não sabe tudo. É o seguinte: dessa vez tínhamos combinado que, logo que ele estivesse de volta, me faria saber por alguém nosso conhecido, pessoas boas e simples, que não sabem nada das nossas relações; mas que no caso de não me poder escrever, pois muitas vezes não se pode dizer numa carta tudo o que se deseja, no próprio dia da sua chegada, às dez da noite em ponto, viria a este mesmo lugar, onde devíamos nos encontrar. Eu sei muito bem que ele está em São Petersburgo já há três dias e, até agora, ainda não recebi duas letras suas nem tampouco me veio ver. De dia é-me impossível sair de casa sem que a minha avó perceba. Por isso... Oh, se tivesse a bondade de se encarregar de levar a minha carta a essas pessoas de quem acabo de lhe falar! Elas a farão chegar às mãos dele. E se tivesse resposta você pode trazê-la aqui às dez da noite... Sim?

– Mas... e a carta? E a carta? Primeiro é preciso escrever a carta! Senão, é preciso deixar tudo para amanhã.

– A carta... – Nástienhka, confusa, olhou para o chão. – A carta... sim, mas...

Deteve-se e não prosseguiu; afastou de mim o seu rostinho que brilhava como uma rosa vermelha, e de súbito senti na minha mão um... um envelope, e naturalmente com uma carta recém-escrita. E ao mesmo tempo... esse pormenor despertou em mim uma recordação... Aos meus ouvidos vibrou de repente uma encantadora e graciosa melodia e...

– Ro...si...na! – cantei eu.

– Oh, ro... si... na! – cantamos os dois, e ela quase se deixou cair de felicidade nos meus braços enquanto ia ficando cada vez mais corada e sorria por entre as lágrimas que, como gotas de orvalho, brilhavam nas suas pestanas.

– Pronto, pronto! Agora vamos despedir-nos!

– ela disse rapidamente. – Está aí a carta; e pode ver o endereço onde deve entregá-la; está no sobrescrito. Adeus, até breve! Até amanhã!

Apertou-me as duas mãos com muita força, saudou-me também com a cabeça e desapareceu como uma sombra na ruela estreita. Eu fiquei durante muito tempo sem me mexer, no mesmo lugar, seguindo-a com os olhos.

– Até breve! Até amanhã! Até amanhã! – repetia eu maquinalmente, depois de ela já ter desaparecido.

O dia estava triste, chuvoso, cinzento, turvo e lúgubre... Tal qual como a velhice que me aguarda. E agora assaltam o meu pensamento estranhas e fugidias impressões, surgem-me problemas confusos... e eu não tenho forças nem disposição para resolvê-los. E afinal isso não é da minha conta!

Hoje não nos vimos. Quando ontem nos despedimos, apareciam já no céu nuvens escuras e começava a levantar-se uma névoa. Eu insisti: "Amanhã vamos ter um dia nublado". Ela não respondeu. Que havia de dizer? Para ela esse dia era claro e diáfano e nenhuma nuvem podia ensombrar a sua felicidade.

– Se chove não nos podemos ver – disse por fim –, porque nesse caso não venho à rua.

Eu pensava que ela, hoje, não teria chegado a se importar com a chuva; mas não apareceu.

Ontem vimo-nos pela terceira vez. Foi a nossa última noite clara...

Na verdade é digno de nota aquilo que a alegria e a felicidade podem fazer a um homem. Como o amor exalta o coração! É como se ele, todo inteiro, se derramasse dentro de outro coração e desejássemos que toda a gente se sentisse feliz e sorrisse à nossa volta! Como é contagiosa essa alegria! Ontem havia nas suas palavras tanta ternura e no seu coração tanta bondade para mim! Como estava ela atenciosa, expansiva, afetuosa e amável! Como me animava o espírito e me serenava o coração! Oh, de tanta felicidade que sentia até estava lisonjeadora! E eu... eu tomei tudo aquilo por ouro de lei e pensava que ela...

Meu Deus, como foi possível que nem sequer tenha cogitado? Como podia eu estar tão cego, sabendo, como de fato sabia, que tudo aquilo pertencia a outro, e quando devia ter dito a mim mesmo que toda aquela sua ternura e carinho... sim, todo o carinho que ela me demonstrava... mais não eram do que a expressão da sua alegria perante o encontro próximo com ele, e o seu desejo de fazer-me compartilhar a sua alegria, ou simplesmente de desabafá-la comigo? Mas ele nunca mais aparecia e nós os dois esperávamos em vão; e ela, ao ver que ele não vinha, começou a ficar triste, preocupada e taciturna. Os seus movimentos e as suas palavras já não tinham a mesma ligeireza alada de há pouco, nem também respirava o mesmo abandono confiante. Mas então, coisa estranha!, redobrou a sua atenção e afetuosidade para comigo, e a mim pareceu-me então que tudo aquilo que ela desejava para si e que a trazia num desassossego, ainda que por acaso nunca viesse a consegui-lo, desejaria involuntariamente oferecer a mim. E, tremendo pela sua felicidade, cheia de angústia e de nostalgia, compreendia finalmente que eu também amava, que eu a amava, e então a sua alma sentiu piedade do meu pobre amor. Porque quando somos infelizes ficamos mais aptos a compreender o sofrimento alheio; a nossa sensibilidade, assim, não se degrada, mas, pelo contrário, condensa-se e acumula-se...

Saí ao seu encontro cheio de ansiedade, pois só com muito custo me foi possível esperar pela hora do encontro. Mas não podia imaginar o que me aguardava nesse instante, nem tampouco previa a maneira tão invulgar como tudo ia terminar. Ela estava radiante de júbilo, aguardando a resposta do outro. E a resposta era ele próprio quem deveria trazê-la... ele que, sem dúvida, se apressaria a acudir à sua chamada... Ela estava firmemente convencida disso. Havia já uma hora que ela esperava ali, quando cheguei. A princípio, tudo quanto eu lhe dizia dava-lhe vontade de rir. Quis continuar a falar, mas, de repente... calei-me.

– Sabe por que estou eu tão contente? – perguntou-me ela – e me sinto tão satisfeita em vê-lo? Por que estou tão carinhosa com você?

– Diga – perguntei eu, e o meu coração batia...

– Pois eu lhe tenho toda esta amizade porque você não se apaixonou por mim. Outro, no seu lugar, teria começado por me importunar e aborrecer, teria suspirado e fingido que estava doente. Mas você foi tão franco e tão simples!

E apertou-me a mão com tanta força que por pouco eu não gritava. E riu outra vez.

– Meu Deus! Como você é meu amigo! – continuou depois de uma pausa cheia de seriedade. – Acredito verdadeiramente que foi Deus quem o enviou. Que teria sido de mim se não o tivesse ao meu lado? Tem sido tão bom para mim! Se eu me casar havemos de continuar assim, amigos... como dois irmãos. Hei de gostar de você quase tanto como dele...

Custaram-me estas palavras e, naquele mesmo instante, senti um desgosto imenso; mas a seguir, algo semelhante a um sorriso se esboçou na minha alma.

– Está muito desassossegada – disse-lhe – pois, no fundo, tem medo que ele não venha.

– Mas que ideia! Se não estivesse tão contente, é muito provável que me fizesse chorar com essa sua descrença e com as suas censuras. Além disso não tem feito outra coisa senão insistir numa hipótese que pode trazer-me muitas contrariedades. Mas isso fica para depois; por agora confesso-lhe que adivinhou. Eu estou verdadeiramente... fora de mim! Eu sou toda ansiedade e percebo tudo e tudo ouço como através de uma nuvem... Mas basta... não falemos mais de sentimentos..

E eis que de súbito ouvimos passos e vimos sair da obscuridade um transeunte que se encaminhava para nós. Estremecemos, e pouco faltou para que ela não desse um grito. Eu retirei o meu braço, no qual ela apoiava a sua mãozinha, e dei meia-volta para escapar sem ser visto. Mas tínhamo-nos enganado: era um estranho, que seguiu tranquilamente o seu caminho.

– De que tem medo? Por que retirou o braço? – perguntou-me ela amparando-se novamente a mim. – Isso não tem nada de especial! Havemos de ir ter com ele, de braços dados. Quero que ele veja que nos estimamos.

– Oh, como nós nos queremos bem! – exclamei eu.

"Oh Nástienhka, Nástienhka", pensei em silêncio. "O que disseste, com essas palavras! Com um carinho desses, Nástienhka, até o coração pode gelar... e encher-se de uma tristeza mortal... A tua mão está fria, Nástienhka, enquanto a minha arde como lume. Como és cega, Nástienhka! Oh, uma criatura feliz, às vezes pode tornar-se insuportável! Mas eu, para ti, nunca podia ser mau."

Finalmente o meu coração estava tão cheio, que quisesse ou não quisesse, não tive outro remédio senão começar a falar:

– Nástienhka! – exclamei. – Sabe como passei o dia de hoje?

– Não... Como foi? Conte-me imediatamente! Por que é que ainda não me disse?

– Pois olhe, Nástienhka, esta tarde, depois de ter cumprido tudo quanto me mandou, de ter entregue a carta àquelas pessoas, voltei para casa e fui dormir...

– E então foi só isso o que fez durante o resto do dia? – perguntou ela a rir.

– Sim, pouco mais – respondi eu, dominando-me rapidamente, pois sentia que as lágrimas queriam saltar-me aos olhos com toda a força. – Acordei uma hora antes da que estava combinada para o nosso encontro; mas a mim parecia-me que não tinha dormido nada. Não sei o que se passava comigo. E quando vinha para cá parecia que o fazia apenas para vir lhe contar. Era como se o tempo tivesse parado, como se daí para diante apenas uma única sensação, um único sentimento, viesse a dominar-me por completo, como se um só momento houvesse de preencher toda a eternidade, e como se em mim a vida se tivesse estancado... Quando acordei lembrei-me de umas frases musicais, que eu talvez tivesse ouvido alguma vez, já há muito tempo, mas que depois tivesse esquecido. E parecia-me que a minha vida tinha abandonado a minha alma havia muito, e que agora só...

– Ah! Meu Deus! – interrompeu-me Nástienhka – Que quer dizer com isso tudo? Não estou entendendo.

– Ah! Nástienhka! Procurava explicar-lhe de qualquer maneira essa estranha sensação – disse eu com voz triste, mas na qual se encerrava uma esperança, embora muito longínqua.

– Está bem, muito bem, mas não continue! – exclamou ela com rapidez...

Num instante tinha percebido tudo, a espertalhona!

Pôs-se muito falante e alegre, e até vulgar. Agarrou-se ao meu braço, ria, falava, esforçava-se por que eu também me risse, e qualquer palavra minha mais comovida arrancava-lhe logo uma grande e sonora gargalhada... Comecei a sentir-me um tanto aborrecido e ela então começou a coquetear comigo.

– Sabe de uma coisa? – disse. – Confesso-lhe que estou um tanto desapontada por você não se ter apaixonado por mim. Bem se vê que as mulheres nunca podem acreditar nos homens! No fim das contas não tem outro remédio senão reconhecer, meu inconquistável senhor, que sou uma mulher inocente e sincera. Eu lhe digo tudo, tudo, qualquer que seja a maluquice que me venha à cabeça.

– O quê? Escute! Onze horas! – disse eu quando se ouviu ao longe a primeira badalada vagarosa do relógio da torre.

Ela calou-se, o seu riso desvaneceu-se e pôs-se a contar as badaladas.

– É verdade, já são onze horas – disse finalmente com uma voz um tanto insegura e perplexa.

Depois lamentei tê-la interrompido e deixei-a contar as badaladas do relógio. E recriminei-me da má intenção que me tinha impelido. Senti-o por ela. E não sabia como havia de reparar a minha falta. Procurei consolá-la e arranjar razões que justificassem a ausência do outro. Citei vários exemplos, formulei conclusões; e, na verdade, nunca ninguém se deve ter deixado convencer com mais facilidade do que ela, naquele momento, como qualquer de nós teria igualmente colhido, em semelhantes circunstâncias, uma palavra de consolo, e teria mesmo agradecido a mais insignificante justificação.

– Sim, e, além disso – continuei, defendendo o outro cada vez com maior resolução, e ao mesmo tempo muito impressionado pela claridade dos meus próprios argumentos – ele não podia vir hoje.

Nástienhka contagiou-me a sua inquietação e o seu desassossego, a tal ponto que perdi a noção do tempo.

– Mas lembre-se que ele talvez só agora tenha recebido a sua carta. Suponhamos que, por qualquer motivo, ele se veja impossibilitado de vir pessoalmente e tenha de escrever-lhe... Assim, só amanhã é que poderá receber a carta dele. Eu irei até lá amanhã muito cedo e digo-lhe o que se passa. E podemos ainda supor muitas outras coisas, igualmente prováveis: suponhamos, por exemplo, que, quando a carta chegou, ele não estava em casa, e que por isso ainda a não leu. Tudo é possível.

– Bem, isso é verdade! – concordava logo Nástienhka. – Não tinha me lembrado disso, claro que tudo é possível! – confirmava com voz condescendente e cheia de conformidades mas na qual, no entanto, como uma leve e desagradável dissonância, transluzia um pensamento diferente.

– Então vamos fazer uma coisa: amanhã muito cedo você vai à casa desses conhecidos e, se eles tiverem qualquer coisa para mim, venha logo dizer-me. Sabe onde eu moro? – E indicou-me a sua morada.

Depois, de um momento para o outro pôs-se outra vez muito carinhosa para comigo, e ao mesmo tempo parecia tomada de uma certa timidez... Na aparência, pode-se dizer que me escutava com muita atenção... Mas quando eu lhe fiz uma pergunta ficou calada e afastou os olhos dos meus, perturbada. Eu me inclinei um pouco para a frente para poder ver-lhe o rosto, e na verdade ela estava chorando.

– Mas o que é isso? Você está parecendo um neném! Uma garotinha sem pingo de juízo! Vamos... Para que essas lágrimas?

Ela tentou sorrir e dominar-se; mas o rosto estremecia-lhe e o seu peito agitava-se cada vez mais.

– Estava pensando em você – disse ela após um silêncio. – É tão bondoso... Seria preciso que o meu coração fosse de pedra para que eu não sentisse isto. Sabe o que pensei? Comecei a compará-los, aos dois. Por que é que ele não há de ser... você? Por que não será ele como você? Ele vale muito menos e no entanto eu gosto mais dele do que de você.

Eu não respondi. Mas ela parecia esperar que eu fizesse qualquer observação.

– E possível que eu não o compreenda e que não o conheça muito bem. Mas sabe de uma coisa? Parece-me que tenho um certo medo dele. Estava sempre tão sério e como se estivesse também sempre cheio de orgulho. Provavelmente tudo isso seria só na aparência, porque no seu coração deve haver mais ternura do que no meu... E também sei como ele me olhava quando... me apresentei no seu quarto com o embrulho da minha roupa... E no entanto é assim, é como se ele estivesse muito acima de mim, sim, como se não fôssemos os dois da mesma condição, como se pertencêssemos a classes sociais diferentes!

– Não, Nástienhka, tudo isso significa apenas que você o quer mais do que a ninguém neste mundo e até muito mais do que a si mesma.

– Bem, pode ser que seja assim – respondeu Nástienhka ingenuamente. – Mas sabe a ideia que me veio agora mesmo? Que daqui em diante já não falo mais nele, mas de coisas comuns... Já há muito que tinha pensado nisso. Explique-me: por que não havemos todos de ser como irmãos uns para os outros? Por que motivo, quando nos encontramos diante de outra pessoa, mesmo que ela seja a melhor do mundo, havemos sempre de esconder e de calar algo? Por que não havemos nós todos de dizer com absoluta sinceridade aquilo que trazemos no coração, quando sabemos muito bem que as nossas palavras não seriam em vão? Parecemos todos mais frios e taciturnos do que somos na verdade; pode-se dizer que as pessoas têm medo de se comprometer expondo com franqueza os seus sentimentos.

– Ah, Nástienhka! Você tem muita razão; mas isso deve-se a várias causas – respondi eu, ao mesmo tempo que me fechava melhor na minha concha e guardava para mim os meus mais íntimos sentimentos.

– Não, não! – contradisse ela com profunda convicção. – Você, por exemplo... não é como os outros... Desculpe-me, não sei como explicar-me, mas parece-me que... por exemplo, neste momento... Sim, parece-me que precisamente neste momento está fazendo um sacrifício por mim – disse ela quase balbuciando e olhando-me de fugida. – Desculpe-me falar assim. Sou uma moça simples; mal conheço ainda a vida e, verdadeiramente, muitas vezes nem sei explicar-me bem – acrescentou com uma voz em que vibrava um sentimento oculto, enquanto se esforçava por sorrir. – Mas quero dizer-lhe que lhe estou muito grata, que sei muito bem e que sinto... Desejo que Deus lhe dê todas as felicidades! Quanto àquilo que me contou, acerca dos seus sonhos, parece-me que não é verdade; isso não tem nenhuma relação com a sua pessoa... Você tem de ser bom e, acima de tudo... pelo que me disse, vejo bem que é um homem diferente. Mas é claro que se alguma vez se apaixonar... queira Deus que seja muito feliz! E para essa a quem você vier a amar, nem é preciso desejar mais nada, pois, em sua companhia, por certo que há de ser feliz. Digo-lhe eu que sou mulher, pode acreditar-me.

Calou-se e trocamos um amistoso aperto de mãos. Eu também estava muito comovido para poder falar. Ficamos ambos calados.

– Sim, já não virá hoje – disse ela por fim, levantando a cabeça. – Já é muito tarde.

– Virá amanhã – disse eu num tom de voz firme e convencido.

– Sim – disse ela muito satisfeita –, agora vejo muito bem que hoje era ainda demasiado cedo, e pode ser que amanhã também não venha. Bem, então até breve, até amanhã! Se chover, pode ser que eu não saia. Mas depois de amanhã... depois de amanhã hei de vir sem falta, e você... venha também sem falta. Quero vê-lo para lhe contar tudo.

Quando nos despedimos, estendeu-me a mão e disse, pousando os seus olhos sobre os meus, num olhar franco:

– Daqui para diante nunca mais nos tornaremos a separar, não é verdade?

– Oh, Nástienhka, Nástienhka! Se soubesses como estou só neste mundo!

No outro dia, quando bateram as nove da noite, já não pude ficar nem um momento mais no meu quarto; vesti-me e saí para a rua, apesar da chuva. Fui até o lugar onde nos costumávamos encontrar e sentei-me no banco. Passado pouco tempo levantei-me e fui até a rua em que ela morava; mas depois enchi-me de vergonha e, a dois passos da sua casa, retrocedi sem levantar sequer os olhos para as janelas. Cheguei em casa num estado de espírito como nunca tinha experimentado. Que lúgubre, que úmido e que aborrecido tudo! “Se fizesse bom tempo", dizia para comigo, "haveria de passar a noite toda vagabundeando por essas ruas... É preciso esperar até amanhã, amanhã ela vai contar-me tudo."

No entanto acabei por confessar a mim próprio que ele não tinha respondido à sua carta; pelo menos, hoje, não respondeu. Mas isso é perfeitamente natural. Para que havia ele de escrever-lhe? Há de vir, mas para vê-la pessoalmente.

Meu deus! Como acabou tudo isto!

Às nove da noite estava no local combinado. Avistei-a de longe; estava de pé, tal como na primeira vez em que a vi no cais; apoiava-se à balaustrada e não percebeu que eu me aproximava.

– Nástienhka! – exclamei sem poder dominar a minha comoção.

Ela estremeceu, voltou-se, e olhou para mim.

– O quê! – disse – Tão depressa!

Eu olhei para ela sem compreender.

– Deixe ver! Dê-me a carta! Trouxe?

E estendeu a mão para a balaustrada.

– Não, não trago carta nenhuma – respondi eu devagar. – Mas ele não veio?

Ela empalideceu intensamente e ficou a olhar para mim. Tinha perdido todas as esperanças.

– Que Deus o proteja! – exclamou finalmente com voz vacilante e lábios trêmulos. – Que Deus o proteja, visto que me abandona!

Baixou os olhos... Depois tentou erguê-los para me olhar, mas não pôde. Durante um momento permaneceu assim, até que conseguiu dominar a sua perturbação; depois voltou-se de repente, apoiou os cotovelos na amurada e começou a chorar.

– Acalme-se! Sossegue! – disse eu procurando consolá-la; mas diante daquela dor não tive coragem para prosseguir... Que podia eu dizer-lhe?

– Não tente consolar-me – exclamou ela chorando –, não me fale dele; não me diga que ainda há de vir e que não é verdade que ele me tenha abandonado de maneira tão cruel e desumana. E por quê? Por quê? Havia alguma coisa de mau na minha carta, nessa pobre carta?

Os soluços abafaram de novo a sua voz. Eu julguei que o meu coração ia estalar de dó.

– Oh, que crueldade! – insistia ela. – Nem uma linha, nem uma palavra! Se ao menos tivesse respondido, se ao menos tivesse escrito, ainda que fosse só para me dizer que já não me queria! Mas assim... Nenhuma linha, nenhuma palavra, em todos esses dias! Como lhe foi fácil magoar-me, a mim, pobre moça desamparada, cujo único pecado consiste em amá-lo! Oh, como tenho sofrido nesses três dias! Meu Deus! Deus do Céu! Lembrar-me de que me aproximei dele pela primeira vez sem que ele tivesse me chamado nem tivesse me pedido, que me rebaixei diante dele e chorei e até lhe pedi um pouco, só um pouco de amizade! E agora, isto... Não, fique sabendo – me encarou de novo e os seus olhos negros cintilavam – que isto não é possível! Isto não pode ficar assim! Isto é desumano! Um ou os dois... ou você ou eu nos enganamos! Talvez ele não tivesse recebido a minha carta! Talvez a estas horas nada saiba ainda a este respeito. De outra maneira não compreendo, julgue por si próprio, fale por amor de Deus, explique-me. Eu não posso compreender... como é que um homem é capaz de se conduzir com tanta vilania como ele se conduziu comigo. Não ter respondido nem sequer uma palavra à minha carta! O homem mais vil deste mundo teria sido mais compreensivo! A não ser... a não ser que lhe tenham dito mal de mim! – me encarou de repente. – Não acha? O que lhe parece?

– Olhe, Nástienhka, amanhã irei eu próprio vê-lo em seu nome.

– Isso!

– Vou perguntar a ele simplesmente o que se passa e depois conto tudo a você.

– Sim, e que mais havemos de fazer?

– A Nástienhka vai escrever-lhe outra carta. Não diga que não! Hei de obrigá-lo a apreciar o seu procedimento, vou explicar tudo, e se ele...

– Não, meu bom amigo, não! – atalhou ela. – Deixemos isso. Ele não tornará a ouvir uma palavra minha. Eu já não o conheço, já não gosto dele, hei de fazer por... es... que... cer.

Não continuou.

– Acalme-se, acalme-se! Sente-se aqui neste banco, Nástienhka – disse-lhe eu e levei-a até o banco, um pouco mais adiante.

– Já estou sossegada. Pronto. Acabou-se. Saberei conter as minhas lágrimas! Julga que me vou matar por causa disto, ou adoecer?

O meu coração parecia estalar. Quis falar mas não pude.

– Escute – continuou ela pegando-me na mão –, você não seria capaz de se portar desta maneira, não é mesmo? Não seria capaz de responder com uma gargalhada trocista a uma pobre moça que se dirigisse a você por não saber dominar o seu fraco e ingênuo coração, não é verdade? Com certeza que havia de saber apreciá-la melhor. Você teria dito que ela estava sozinha no mundo, que não conhecia nada da vida e não sabia apreciar-se a si própria e defender-se do amor que lhe tinha, e que não tinha culpa de nada. Que ela não tinha feito nada de mau... Oh, meu Deus, oh, meu Deus!

– Nástienhka – exclamei eu, incapaz de dominar a minha comoção por mais tempo. – Nástienhka, você me martiriza! Dilacera o meu coração, Nástienhka, mata-me! Eu não posso calar-me por mais tempo! Eu tenho de falar, preciso de lhe dizer o que já não me cabe no coração!

Enquanto dizia isto levantei-me do banco. Ela me pegou na mão e olhou para mim assombrada.

– O que tem? – perguntou-me por fim.

– Deixe que eu lhe diga tudo, Nástienhka! – implorei-lhe com decisão. – Nástienhka, não tenha medo daquilo que eu lhe vou dizer, pois é um disparate, algo impossível e uma tolice. Já sei que nunca há de realizar-se; mas no entanto não posso calar-me por mais tempo! Peço-lhe, por tudo aquilo que agora sofre, suplico-lhe, imploro-lhe que me perdoe desde já!

– Mas então o que é? De que se trata? – tinha deixado de chorar e fitava-me com muita atenção. Os seus olhos admirados demonstravam uma curiosidade singular. – De que se trata?

– E impossível, Nástienhka, bem sei, mas eu... eu a amo, Nástienhka! Esta é a verdade! Pronto, já lhe disse tudo! Agora já sabe se daqui em diante pode continuar a falar-me como tem feito até aqui e também se deve ouvir o que ainda tenho para lhe dizer...

– Bem... Mas que tem isso? Tem alguma coisa de extraordinário? Eu já sabia que você me amava; sempre me quis parecer que... sim, que tinha alguma afeição por mim! Ai, meu Deus...

– A princípio, sim, era só isso, Nástienhka; mas agora! Agora estou eu na mesma disposição de espírito que a Nástienhka, quando foi se apresentar no quarto dele com o embrulhinho das suas roupas. Não, eu estou ainda em piores condições do que a Nástienhka, pois ele, então, não amava outra mulher... Enquanto a Nástienhka ama outro homem...

– Que quer dizer com isso? Eu... eu não o compreendo. Mas diga: por quê? Ou melhor: para que tudo isso e assim tão de repente? Meu Deus! Que tolices eu digo! Mas...

Nástienhka estava perturbadíssima, suas faces ruborizaram-se e fixou os olhos sobre o chão.

– Que hei eu de fazer, Nástienhka, que hei eu de fazer? Sou culpado, cometi um abuso. Oh, não! Não, Nástienhka, eu sou inocente. Sinto, percebo claramente que o coração me diz que estou no meu direito, que, com isto, não posso ofendê-la nem magoá-la. Eu era seu amigo; bem, pois agora continuarei a ser ainda seu amigo... Não cometi nenhuma traição nem me portei deslealmente. Repare, Nástienhka, estou chorando. Que importa? Isso não prejudica ninguém. Hão de secar por si mesmas, estas lágrimas.

– Mas, sente-se, sente-se! – e quis obrigar-me a sentar-me. – Ai, meu Deus!

– Não, Nástienhka, não me sento! Agora já não posso continuar aqui por mais tempo e você nunca mais há de tornar a ver-me; vou dizer tudo e depois vou-me embora. Nunca poderá saber até que ponto eu lhe quero. Mas eu devia ter sabido guardar segredo e não afligi-la neste momento, falando-lhe assim de mim com tanto egoísmo. Não! Mas eu... não fui capaz de me conter! Você começou a falar dele, portanto a Nástienhka é quem tem a culpa, a culpa de tudo; mas eu sou inocente. Apesar de tudo não pode afastar-me do seu lado, assim, sem mais nem menos...

– Mas eu não o afasto! – afirmou Nástienhka, fazendo o possível por dominar a sua perturbação.

– Não? É verdade que não? É eu que estava para ir embora... Seja como for, tenho de ir; mas antes quero dizer-lhe tudo, pois há pouco, enquanto a Nástienhka falava e chorava, e estava na minha frente com a sua dor, e tudo isso porque... Bem, porque... Digo-lho, Nástienhka, pelo desdém que votaram a você, se soubesse quanto amor sentia eu por você no meu coração, quanto amor! E custava-me tanto não poder valer-lhe com todo esse amor, o meu coração parecia que ia saltar, e... e... não pude calar-me mais, precisava falar, Nástienhka, tinha de ser!

– Está bem! Fale, fale calmamente! – disse Nástienhka de súbito, com uma comoção inexplicável. – Talvez estranhe que eu lhe diga isto, mas... sim, fale! Mais tarde lhe explicarei, lhe contarei tudo!

– Só inspiro compaixão a você, Nástienhka; o que sente é apenas piedade por mim. Mas o que está feito, está feito. Depois de termos falado já não podemos retirar as palavras. Não é verdade? Bem agora já sabe tudo. Este é o nosso ponto de partida. Até que extremo chegamos, já sabe, se é que me estava escutando. Quando a Nástienhka se sentou aqui e se pôs a chorar, eu disse para comigo... Ah. por favor, deixe-me dizer-lhe o que pensei! Disse para comigo que a Nástienhka... seja lá pelo que for... Bem, numa palavra: que fosse lá pelo que fosse, a Nástienhka tinha deixado de gostar dele. Depois... isto pensei ontem, Nástienhka, e antes de ontem, que você não tinha outro remédio senão gostar de mim. A Nástienhka dizia, sim, foi a própria a dizer que já tinha um pouco de amizade por mim. Bem... e o que mais? Sim, isto é quase tudo o que eu tinha para dizer-lhe. Só me falta dizer-lhe o que será isso, do seu amor por mim. Mais nada! Por isso ouça-me com toda a atenção, minha amiga... pois com certeza que pelo menos minha amiga não deixou de ser... Evidentemente que eu não passo de um homem ingênuo, pobre e insignificante; mas isso agora não interessa. Não sei o que me acontece, que acabo sempre por falar de outras coisas; mas isso é por causa da minha comoção, Nástienhka.

"Eu estou disposto a amá-la tanto, tanto que, ainda que a Nástienhka continue a amar esse homem que eu nem sequer conheço, haveria de verificar que o meu amor não lhe traria nenhum inconveniente. Haveria de sentir somente, e isto em todos os momentos, que junto de você palpitava um coração agradecido, oh, sim, muito agradecido, fervoroso, e que por você... oh, Nástienhka, Nástienhka! A que me reduziu você!"

– Mas não chore, não quero que chore! – disse Nástienhka levantando-se rapidamente do banco. – Vamos embora, venha, não chore, não chore mais! – e enxugou-me as faces com o seu lencinho. – Venha, vou dizer-lhe uma coisa... Se ele já não quer saber de mim e já me esqueceu... mesmo que eu continue a gostar dele... não posso ocultar isso de você, nem quero enganá-lo... Ouça e responda-me depois. Se eu, por exemplo, chegasse a amar você, isto é, se eu... Oh, meu amigo, meu querido amigo! Quando penso como devo tê-lo magoado e feito sofrer, quando o elogiava precisamente por me não ter feito a corte! Oh, meu Deus! Como é que eu não fui capaz de prever uma coisa destas? Como pude eu ser tão tola, como...? Mas está bem; estou decidida e vou dizer-lhe tudo...

– Não, Nástienhka: sabe de uma coisa? Vou deixá-la, é o melhor. Vejo muito bem que só estou a atormentá-la. Agora começa a sentir remorsos por se ter divertido à minha custa; mas eu não quero que a Nástienhka, ainda por cima da sua dor... Sou eu quem tem a culpa de tudo, Nástienhka; por isso... adeus!

– Não, não vá embora, escute-me primeiro; não pode esperar um momento?

– Esperar? Esperar para quê?

– Escute: eu gosto dele, mas este amor deve acabar, há de acabar... Por certo que há de acabar; já começa a extinguir-se, bem o sinto... Quem sabe, talvez tenha acabado completamente hoje, pois eu o odeio por ele ter troçado de mim, enquanto você ficava ao meu lado chorando comigo... e com certeza que nunca me teria deixado aqui à espera, como ele fez, pois você gosta de mim a valer, enquanto ele nunca me amou. E, além disso, porque eu, afinal, também gosto de você... Sim, amo-o! Tanto quanto você a mim. Já lhe disse, já ouviu... Gosto de você porque você é melhor do que ele, porque é mais amável do que ele, porque... porque ele...

A comoção embargou-lhe a voz, apoiou a cabeça no meu ombro, inclinou-se até tocar no meu peito e depois começou num pranto doloroso. Eu tentava consolá-la, acariciava-a, tentava tranquilizá-la, mas ela não podia conter-se; apertava-me a mão e balbuciava por entre soluços:

– Espere, espere um pouco. Está passando... Já vou deixando de... Só quero dizer-lhe uma coisa... Não pense que estas lágrimas... me vêm só devido à minha fraqueza; tenha um pouquinho de paciência até que se extingam.

Finalmente parou de chorar. Levantou-se, enxugou os últimos vestígios do pranto, e pusemo-nos ambos a caminhar. Eu queria falar, mas ela me pedia constantemente que eu lhe concedesse algum tempo para pensar. E assim íamos os dois em silêncio... Até que por fim, já mais sossegada, começou:

– Vou contar-lhe tudo – disse com voz débil e insegura, mas na qual vibrava depois um sentimento íntimo que atingiu de tal modo o meu coração, que este se pôs a tremer com uma espécie de dor agradável. – Não pense que eu seja uma inconstante ou uma louca, nem que tão depressa possa esquecer e ser infiel... Gostei dele durante um ano e juro-lhe por Deus que nunca, nunca, nem sequer em pensamento, lhe fui infiel. Mas ele mostrou que não sabia apreciar-me; não fez outra coisa senão manifestar descaso por mim... Deus lhe perdoe! Mas ele me fez sofrer... Eu... eu já não gosto dele, pois só posso amar o que é belo e o que é grande, o que é parecido comigo e me parece bom; sou assim e ele não é digno de mim... Que Deus o proteja! Mas isto, afinal, ainda é preferível do que se acontecesse de apenas mais tarde eu viesse a perceber o seu verdadeiro caráter... Por isso... está tudo acabado! E quem sabe, meu amigo – continuou apertando-me a mão –, quem sabe se todo esse meu amor não foi senão uma ilusão ou uma pura imaginação, e se teve origem na minha educação, naquela vida tão monótona que tenho levado, sempre presa às saias da minha avó? Talvez eu estivesse predestinada a gostar de outro, de outro que tivesse tido mais piedade de mim e... e... Bem, deixemos isto, não falemos mais nisto – interrompeu-se Nástienhka, quase sem voz e sem alento, devido à intensidade da sua comoção. – Eu apenas queria dizer-lhe... Eu queria dizer-lhe que, se você, apesar de eu amar a ele... De o amar não, de o ter amado... Se apesar disso... Quero dizer, se sente e acredita... que o seu amor é tão grande que pode afugentar do meu coração... Se você tem tanta pena de mim e não quer agora deixar-me entregue ao meu destino, sem consolo nem esperança; se for capaz de amarme sempre assim, como agora me ama... então, eu lhe juro... que a minha gratidão... que o meu amor há de ser digno do seu... Quer aceitar a minha mão?

– Nástienhka! – julgo que as lágrimas e os soluços abafavam a minha voz. – Nástienhka! Oh, Nástienhka!

– Pronto, pronto! Já chega por agora! – disse ela rapidamente, visivelmente apressada e dominando-se com esforço. – Já dissemos tudo, não é verdade? E você sente-se agora feliz e eu também, por isso não é preciso dizermos mais nada. Espere... Olhe, tenha piedade de mim... Fale-me de outra coisa, peço-lhe por tudo!

– Sim, Nástienhka, já chega; agora sou feliz... Tem razão, Nástienhka; falemos de outra coisa, pronto, pronto! Sim! Do que quiser...

E como já não sabíamos o que havíamos de dizer, ríamos e chorávamos e proferíamos palavras sem sentido. Em breve tínhamos atingido a calçada e pusemo-nos a passear por ali, para cima e para baixo; tão depressa atravessávamos a rua e ficávamos parados, como retrocedíamos e nos dirigíamos para o cais; parecíamos duas crianças...

– Eu vivo só, Nástienhka – disse-lhe eu em dado momento. – Mas... Bem, eu, a Nástienhka já sabe, sou pobre, ganho apenas mil e duzentos rublos por ano, mas isso pouco importa.

– Claro que não, e a vovó tem a sua pensão; por isso não precisamos do seu ganho. Mas temos de levar a vovó conosco.

– Pois com certeza... E a minha Matriona...

– Ah, sim! E nós também temos Fiokla!

– Matriona é uma boa mulher, que só tem um defeito: é não ter nem uma ponta de imaginação, uma ponta sequer, Nástienhka; só percebe aquilo que aprende por experiência. Mas isso também não é um obstáculo...

– Claro que não! Podem as duas viver juntas muito bem. Mas venha visitar-nos amanhã.

– O quê? Ir à sua casa? Bem, por mim...

– Podia alugar o andar de cima. Já lhe disse que temos um andarzinho, que agora, precisamente, está por alugar. A última inquilina foi uma senhora de idade, uma aristocrata, que deixou o quarto e anda em viagem pelo estrangeiro, e parece-me que a vovó, agora, prefere um inquilino jovem. Outro dia perguntei-lhe: "Mas por que tem esse interesse em que ele seja moço?". E ela me respondeu: "Porque sempre é melhor, estamos mais seguras e eu já sou velha. Não imagines que eu tenho a intenção de te casar com ele". Mas eu sei muito bem que é esse o seu intento.

– Ah, Nástienhka!

E desatamos os dois a rir.

– Bem, já chega de tagarelice. Mas diga-me: onde vive agora? Já me esquecia de perguntar.

– Ali, perto... da ponte, na casa dum tal Barânikov.

– É uma casa grande, não é verdade?

– É, é...

– Ah, já sei qual é! É uma casa muito bonita. Mas fique sabendo: tem de mudar-se e vir morar conosco...

– Amanhã mesmo, Nástienhka, amanhã mesmo. Ainda devo uma pequena parte do aluguel da outra casa, mas não faz mal... Tenho de ir já buscar o meu ordenado...

– Mais uma coisa: eu também posso dar aulas para aumentar os nossos rendimentos; aprendo primeiro e depois poderei ensinar.

– Naturalmente, é uma ótima ideia... E a mim, não tarda que me aumentem o ordenado... Nástienhka!

– Então, a partir de amanhã poderemos considerá-lo nosso vizinho?

– Sim, e depois havemos de ir à Ópera para ouvirmos *O barbeiro de Sevilha*, pois não tardam em representá-lo.

– Isso mesmo, vamos à Ópera! – disse Nástienhka rindo. – Espere, isso não, é melhor esperar que apresentem outra coisa.

– Bem, então não vamos ouvir isso. Claro que é preferível, tinha-me esquecido desse pormenor...

E tagarelávamos e caminhávamos; aquilo era uma espécie de embriaguez... Parecia que íamos envolvidos numa névoa e que não sabíamos o que nos tinha acontecido. Tão depressa parávamos e ficávamos por muito tempo a falar, sem passarmos para outra laje, como retomávamos o passo e continuávamos a andar muito longe, sabe Deus até onde, sem dar por isso, sempre a rir e a chorar ao mesmo tempo. Tão depressa Nástienhka começava a dizer que queria voltar para casa, e como eu não me atrevia a retê-la, nos púnhamos logo a caminho, para acabarmos por reparar, ao fim de um quarto de hora, de repente, que estávamos de novo no nosso banco do cais – como suspirava muito fundo e uma lágrima rolava pela sua face... e eu então a olhava, assustado e perplexo... Até que ela tornava a pegar-me na mão e recomeçávamos a falar e a caminhar...

– Mas agora sim, já é tempo e mais que tempo que eu volte para casa. Já deve ser tardíssimo! – disse por fim Nástienhka resolutamente. – É preciso não sermos crianças!

– Está bem. Nástienhka, mas fique sabendo que esta noite também não poderei dormir. E por isso, nem vou para casa.

– Também eu não devo dormir nada, esta noite. Mas, podia ficar perto de mim mais algum tempo.

– Com certeza que fico!

– Mas agora não damos mais voltas, não?

– Não, agora, não!

– Palavra de honra? Em algum momento preciso voltar para casa! Bem, palavra de honra, vai ser agora mesmo! – disse ela a rir.

– Bem, então vamos lá!

– Vamos!

– Olhe para o céu, Nástienhka, olhe para cima! Amanhã vamos ter um dia lindo... Como o céu está azul e olhe para aquela lua! Aquela nuvenzinha pardacenta vai escondê-la dentro de um momento... Veja, veja! Não, afinal passou roçando-a só ao de leve! Repare, repare!

Mas Nástienhka não via as nuvens nem o céu.

Tinha-se quedado, de pé, rígida junto de mim, e depois apertou-se com força contra o meu corpo. Tomada de uma enorme perturbação, cada vez com mais força, como se procurasse um amparo, e a sua mão tremia dentro da minha. Olhei para ela e ela apertou-se ainda mais de encontro a mim.

Naquele momento passava perto de nós um homem moço... o qual nos olhou fixamente, hesitou, deteve-se por um instante e depois afastou-se um ou dois passos. O meu coração deu um salto.

– Nástienhka, quem é aquele homem? – perguntei-lhe em voz baixa.

– É ele! – murmurou ela, e segurou-se ao meu braço, a tremer.

– Nástienhka! Nástienhka! És tu? – chamou de repente uma voz por detrás de nós, e em seguida o rapaz de há pouco aproximou-se.

Meu Deus! Como ela vibrou ao ouvir aquela voz! Como estremeceu! Como se desprendeu do meu braço e correu ao seu encontro... Eu estava parado e olhava para o rapaz, que, parado também, olhava... Mas, mal ela lhe tinha estendido a mão, e apenas tinha acabado de se lançar nos seus braços, largou-o, e antes que eu tivesse dado conta, já estava de novo junto de mim, cingia bem os dois braços no meu pescoço e depunha sobre os meus lábios um beijo ardente. Depois, sem dizer uma palavra, correu de novo para ele, pegou-lhe nas mãos e levou-o.

Fiquei ainda ali por muito tempo a olhar para eles... que não tardaram em desaparecer da minha vista.

As minhas noites acabam com uma manhã. Amanheceu um dia hostil; chovia, e as gotas de chuva soavam com uma espécie de lamúria monótona na minha janela: dentro de casa estava escuro, como acontece nos dias de chuva e, lá fora, tudo era lúgubre. Minha cabeça doía, tinha tonturas e sentia que me corria pelos membros a febre de um resfriado.

– Menino, está aqui uma carta; foi o correio que a trouxe – disse Matriona.

– Uma carta? De quem?

– Não sei, abra-a e veja, menino; lá dentro deve dizer de quem é...

Abri o sobrescrito; a carta era dela e dizia assim:

> Oh, perdoe-me, perdoe-me! Peço-lhe de joelhos que não se aborreça comigo. Enganei-o e enganei a mim própria. Foi um sonho, uma ilusão... Quando penso em você, sofro desesperadamente. Perdoe-me, oh, sim, perdoe-me!
>
> Não me acuse, pois o que eu sentia por você, continuo ainda a senti-lo; disse-lhe que o amava e continuo a amá-lo, juro-lhe; e sinto por você qualquer coisa que é mais do que amor. Meu Deus, se fosse possível amar os dois ao mesmo tempo! Oh, se você e ele não fossem mais do que um e mesmo homem!
>
> Deus vê-me e sabe que eu estaria disposta a tudo, por você. Eu sei que sofre neste momento e que está triste. Ofendi-o e fi-lo sofrer, mas já sabe.
>
> Quando se ama, não dura muito o aborrecimento. E você gosta de mim.

Eu lhe sou muito grata pelo seu amor. E a sua recordação há de acompanhar-me por toda a vida como um doce sonho que não pode olvidar-se ao despertar. Não, nunca poderei esquecer como me mostrou tão fraternalmente a sua alma e, na sua bondade, aceitou como seu o meu coração ferido e lacerado, para cuidar dele com ternura e com amor e para restituir-lhe a saúde.
Se me perdoar, a sua recordação há de transformar-se num sentimento de eterna gratidão e não se extinguirá nunca na minha alma. E hei de ter sempre esta recordação como uma coisa sagrada, jamais o esquecerei, pois tenho um coração leal. Ontem, o que fez o meu coração foi apenas regressar às mãos daquele que já dantes era o seu dono.
Havemos de nos tornar a ver, você há de vir a nossa casa, não nos abandonará, e há de ser eternamente nosso amigo e nosso irmão... E quando vier visitar-nos, irá estender-me a sua mão... Não é verdade? Quando me tiver perdoado já nada lhe há de custar estender-me a sua mão, não é assim? E o seu amor por mim será o mesmo, não é?
Sim; continue a querer-me, não me abandone, pois agora amo-o tanto que quero ser digna do seu amor, quero merecê-lo... meu querido amigo! Casamo-nos na próxima semana. Ele voltou cheio de amor por mim e disse que nunca me esqueceu... Não se aborreça por eu lhe falar dele. Quero ir com ele visitar você, e tenho a certeza que ele há de despertar-lhe simpatia. Não é verdade?
Perdoe-me, não me esqueça e não deixe de querer à sua

NÁSTIENHKA.

Li e reli aquela carta muitas vezes, e os meus olhos encheram-se de lágrimas; até que por fim deixei-a cair e escondi o rosto entre as mãos.

– Menino, ainda não viu? – disse daí a pouco a voz de Matriona.

– O quê, velha?

– As teias de aranha. Já as tirei! Agora já pode casar-se, se quiser, ou trazer convidados, se isso lhe agrada.

Eu olhei para ela. É uma mulher forte, nova ainda, mas não sei por que, pareceu-me vê-la de repente com os olhos sumidos, cheia de rugas na testa, velha e achacada, à minha frente... Também não sei por que, mas pareceu-me que igualmente o meu quarto estava tão velho quanto ela. Vi empalidecerem as cores das paredes, descobri novas teias de aranha em todos os cantos. Não sei por que, quando relanceei a vista através da janela, pareceu-me que o prédio fronteiro também envelhecera e que se tinha posto mais escuro e arruinado, que o estuque das pilastras estava todo gretado, que as cornijas se fendiam e enegreciam, e que as janelas estavam cheias de manchas e de sujeira.

Talvez a culpa de tudo isto fosse aquele raio de sol que de súbito surgiu por entre as nuvens, para logo depois voltar a esconder-se por detrás de outra ainda mais escura, que anunciava chuva, de tal maneira que todas as coisas se tornaram ainda mais lúgubres e mais sombrias... Ou seria que os meus olhos divisaram o meu futuro e nele viram algo de árido e de triste, algo semelhante a mim mesmo, ao que eu sou agora, àquilo que serei dentro de quinze anos, neste mesmo quarto, igualmente só, com a mesma Matriona, que em todo esse tempo nem por isso há de ter-se tornado mais sensata...

Agora, não perdoar a ofensa, Nástienhka; turvar a tua clara e pura felicidade com nuvens escuras, fazer-te censuras para que o teu coração se atormente e sofra, e palpite dolorosamente, quando não deve fazer mais senão exultar de júbilo, ou tocar sequer uma só das suaves flores que hás de pôr nos teus cabelos negros, quando te casares com ele... Oh, não, Nástienhka; isso não farei nunca, nunca! Que a tua vida seja ditosa e tão diáfana e agradável como o teu doce sorriso, e bendita sejas pelo instante de felicidade que tu deste a outro coração solitário e agradecido!

Meu Deus! Um momento de felicidade! Sim! Não será isso o bastante para preencher uma vida?

FIM

SHAKESPEARE
HAMLET
SIGMUND FREUD
A INTERPRETAÇÃO DOS SONHOS
FIÓDOR DOSTOIÉVSKI
OS IRMÃOS KARAMÁZOV
F. SCOTT FITZGERALD
O GRANDE GATSBY
MARX & ENGELS
MANIFESTO DO PARTIDO COMUNISTA
FRANZ KAFKA
A METAMORFOSE
JEAN-JACQUES ROUSSEAU
O CONTRATO SOCIAL
SUN TZU
A ARTE DA GUERRA
F. NIETZSCHE
ASSIM FALOU ZARATUSTRA

IMPRESSÃO:
PALLOTTI
GRÁFICA
Santa Maria - RS | Fone: (55) 3220.4500
www.graficapallotti.com.br